若谷樓書系
HUMBLE LIBRARY PUBLISHING

上国

下国

罗语萍 著

SPM
南方出版传媒
广东人民出版社
·广州·

目录

引子

2015 年夏天的一个晚上，我从北京 SKP 出来，正准备叫车回家，一个男人突然蹿到我面前：“小姐，能不能借我点钱？我从外地来，我的钱包丢了。你放心，我会还你的。”这人语速急促，生怕我没耐心听完。

难道我看上去真的很傻？我厌恶地瞟了那人一眼，正打算绕过去，这个男人又开口了：“你给我钱，我给你讲个故事。”

讲故事?！嘿嘿，我有些啼笑皆非。看来在别人眼里，我不仅是傻，还傻出了新境界——然而，我竟然真有些好奇了，迟疑半秒问道：“你要多少钱？”

“你看着给。”

我看着给?！我再次被气笑。我警惕地扫了眼 CBD 深不可测的霓虹，“这样吧，你不是没钱吗，我给你买个饭，你的故事要能打动我，我帮你联系你的朋友。”

“我不要饭，你把买饭的钱给我。”他得寸进尺。

我瞟了眼不远处逡巡的保安，挪到了灯光更亮的地方，“给你五分钟，现在开始讲吧。”

“买饭的钱，你先给我。”他精光闪闪地盯着我。我又看了眼保安，然后从衣服口袋里摸出张钞票，发现票面价值是 50 元的，虽然觉得有点多，却又不敢掏钱包换零钱，只得把钞票递过去。

“你玩扑克吗？”

“什么？”我想把钞票抽回来，但它已经被那个男人攥在了手上。

“牌一旦出手，你就已经输了。”那人狡黠地说，“但是小姐，你可以想想你下面的牌。”

我觉得自己再不走，都不知道会发生什么。但是面对这个男人闪烁的双眼，我的腿鬼使神差挪不动半步；我想给谁打个电话，却连把手伸进包里找手机的勇气都没有。

“上国的瑰厅，魔术师每天都清点着他心爱的扑克牌。有一天，他突然发现梅花 9 和红桃 3 不见了。我要给你讲的，就是这些扑克牌来到下国的故事……”

上国和下国。

梅花 9 和红桃 3。

那个男人说，那是 1989 年的夏天，空气中飘满了苍白色的飞絮。

中国西南山区一个僻陋的水潭里，一具男人的裸体正仰面漂浮在碧水之中。几粒阳光透过厚厚的树叶，在那紧绷的皮肤上安静地游动，如同顽皮的孩子朝水面打着镜子；男人耷拉在两腿间的男性器官，像沉睡在黎明前脆弱的小鸟。

一只飞鹰从天空遽然滑落，飞鹰站在最高的树梢，它听见男人的身体如同淬火的铁，在凉水中发出嗞嗞的声音，连日来不断折磨男人的枪炮声、喇叭声、惊叫声、跑动声、呻吟声，伴随他每一块肌肉的抽动，慢慢地沉寂于这清凉的绿水。

“这就是梅花 9。从这一刻开始，他是一个逃亡到南方的青年学生。他的名字叫和西。”

城市的夜色里，男人的述说有些暧昧，他诡异地看了我一眼，“梅花 9 和红桃 3 的故事就从这里开始，接下来怎么打这副牌，就看你自己了。”

男人并没有跟我索要故事费，他带着那 50 元走了。

从此以后，我再也没有见过这个男人。

整整一个夏天，我都跟朋友们讲我碰到的这个男人，讲这个男人讲给我的故事，可是却没有任何人信我，他们笑着说：“看，你就爱瞎想。”“编得不错呢。”“这次梦得有点意思……”

既然大家都不信，我更要信。

于是，我开始尝试出牌……

1. 唤醒梅花 9

男人醒来的时候，只感到下身黏糊糊的。他慌乱地抓了把裤裆，把手举到眼前闻了闻，脸一下子涨得通红。他惶然地四下张望，发现自己正躺在一个陌生的湖边。

我怎么会在这里？男人的大脑一片空白，他恍然记起有个红衣女子对他说：你醒来的时候，一切便过去了，一切便又开始了！

那个红衣女子是谁？是什么过去了？又是什么开始了？男人迷惑地甩了甩脑袋，用力去回想那些记忆的碎片，可是回忆却像光影一样，一触碰就全不见了。这时候男人突然发现身边有个旧挎包，他一把抓过来，把包里的东西抖落到地上：一副扑克牌从包里滑落，梅花 9 和红桃 3 赫然翻在最上边；与扑克牌同时掉出来的还有一封写在淡黄草纸上的介绍信："兹介绍和西同志前往你处担任小学老师，请接洽。"

介绍信没有抬头和落款，也没有日期，好像从另外一个世界掉出来的。

和西是我吗？我从哪里来？我以前在哪里？都干了些什么？

“你的疑问，需要你用一生去解答。”恍惚中，男人又听到了那个女孩的声音。是的，那是一个梦。男人依稀记得梦里那姑娘睫毛很长，眼睛清亮，眼睛下方有一粒浅浅的雀斑，像一朵金色的桂花。男人突然觉得这个人很熟，可她是谁呢？

“你是梅花 9，我是红桃 3。”梦里的那个女孩说，她的声音很细，像丝线盘绕一样，紧紧地拥缠着他。男人的心触电一般，遥远的地方某种东西一点点被唤醒，他突然嗅到一种破空而来的青草的气味，这种奇异而熟悉的香，磁石般吸引着他，让他产生一种想流泪的冲动。

红桃 3？梅花 9？男人看了一眼身边的潭水，他觉得这水绿得有些异样。

“这是啃月泉，也是一块巨大的魔镜。”姑娘说，“那一年，上国的货郎在泉边小睡，他手上的扑克全跑了出来，扑克们种下了成片的稻谷，还有星星点点的桂花树。他们以为日子日复一日，将会永远这样延续下去，不料货郎却突然醒来。货郎伸手惊动了泉水，魔镜的镜面遽然收起，跑到镜子背面的梅花 9 和红桃 3，从此再也无法回去。”

“我们就这样滞留在下国，并开始满世界地寻找货郎，因为只有找到他，我们才能踏上归途。”红桃 3 有些伤感。“因为寻找，你独自去了远方，然后一点点把自己弄丢，直到命运促使你重回啃月泉边；然后你又再次出发寻找，再次把自己弄丢。在这样的轮回里，你重复着你的一生又一生，我也在等待与唤醒你之间，一次次地轮回着我的宿命。”

“你是红桃 3。我是梅花 9。对吗？”梅花 9 走过来，捏了捏红桃 3 的小手。就在他们的手指交接处，一股热流电光火石般裹挟住两人，红桃 3 的衣裳瞬间幻化成天边的彩霞，他们就在那霞光之中，来到了下国……

男人在潭边又待了几天，渴了他喝潭里的水，饿了他吃树上的野果，无聊了他跟自己玩扑克牌，可是梦里那个叫红桃 3 的女子再也没有出现。

这几天里，男人慢慢想起一些货郎的故事。

小镇一角，年轻的货郎有个糖果商店。商店橱窗里，陈列着各种糖果罐子，花花绿绿，形状各异，那些奇异的香，使整个小店生机盎然。孩子们喜欢在橱窗外的空地上玩耍，他们一边打闹，一边偷看橱窗里的糖果，每看一眼，就咽下一泡口水。但是他们很少买，“糖有什么好吃的？那又吃不饱。”大人们总喜欢这么说，孩子们也跟着这么说，但他们还是忍不住看，他们也看货郎的眼睛，货郎眼睛亮闪闪的时候，就会把一两颗将要溶化的糖果分给孩子们。

“上国的人不喜欢吃糖。”男人自言自语地说出声来，不由得笑了。

有一天，货郎突然想出去走走，于是他在糖果店前放了个钱箱，镇上的人想要什么，就自己进店里去取，而他自己，则开始挑起货担走村串寨。

货郎走过的地方，飘荡起一股甜腻的桂花香味。下国的姑娘们都喜欢货郎，每当货郎的叫卖声飘来，她们就跑出家门，到货

树每往天上长一点，就得往地下挣一下。树揣摩着自己可以生长的方向，揣摩着伸展哪一根枝丫，哪几片叶子，一旦想好，就“噌”地长出一把树叶。树认识每一个过往的人，每一个过往的人都让它有些变化；十几年来，树既长多了一些，也损耗了一些，但总的是长高了。

郎跟前买点针头线脑，然后痴痴地看着货郎。但是货郎从来没有为谁心动过，他从村野走过，看着姑娘们野鹿似的在他面前走来走去，货郎的心，如同啃月泉的水一般平静。

货郎不仅带来了糖果，还带来了上国的信息，人们都盼着他来，盼着他留，盼着他再来。可是有一天，货郎却带走了下国最傻的姑娘，从此以后再也没有出现。

那天傻姑娘背着一背篓干柴，正从山坳上走过，两个放牛娃仔使了个坏，他们把一条花蛇扔到傻姑娘面前，傻姑娘吓得嗷嗷直叫，一屁股跌坐在地上，屁股被石头硌得生痛，手臂也被碰出了血，鼻涕眼泪糊成了一把。那一刻货郎正好从村庄经过，他感觉头顶的太阳颤抖了一下，他循着哭声远远赶来，一眼就看见了坐在地上的傻姑娘——看见傻姑娘的时候，货郎才明白，其实他走村串寨，就是来找他的傻姑娘的。

“是的，上国有个魔术师，魔术师有一副扑克牌，据说他可以通过这副牌，看到一个人的未来。而货郎的未来，早在魔术师的掌握之中。”那个轻柔的声音在男人的耳边说。

“好吧，那我就叫和西吧。”男人离开啃月泉的时候，决定叫自己“和西”。

和西来到山口的一棵桂花树下，那是一棵看不出年龄的桂花树，不大，也不高，甚至没有多少树叶，树干上满是皱褶，一枝枝新绿从皱褶中伸出来，虽然年轻，却带着沧桑。树的枝条上，细小的花朵金鸡独立似的，用脚勾连着树枝，满脸微笑地与他打招呼，那绵长浓郁的香味，沿着每一个毛孔钻进他的身体，汇聚到他的心里。

“这个地方我好像来过。”和西对自己说。

他摸了摸树下打磨得光滑的石头，用屁股在上面试了试。和西心想，这石头一定被很多人坐过，这些人有认识的，有不认识的；一些人把灰尘带到石头上，一些人拂去了灰尘，他们共同让这个石头有了磨损，他们因为这个石头发生了关系，可是他们却不知道。

和西从石头上站起来，又看了看旁边的桂花树。他抚摸着树上的一个节疤，依稀记得当年他来的时候，树还只有小孩那么高。这么多年，这树每往天上长一点，就得往地下挣一下，树揣摩着自己可以生长的方向，揣摩着伸展哪一根枝丫，哪几片叶子，一旦想好，就“噌”地长出一把树叶。树认识每一个过往的人，每一个过往的人都让它有些变化；十几年来，树既长高了一些，也损耗了一些，但总的是长高了，并且长成了今天的样子。

这时候几粒桂花飘落下来，落到了和西的衣服上，和西把那几朵桂花摘下来，目光转向了山下的田野。

和西看见的，是一片铺天盖地、隐隐喧嚣的金黄。正是稻子将熟的季节，金黄的稻禾从东山铺到西山，从南山漫到北山，像一个规模浩大的合声乐团，在风里轻轻地细声歌唱。风把稻浪吹向北岸，几十间白墙黑瓦的房子从山脚浮出来，高低错落地排开在山脚下；村庄往南几百米，一条小河从西向东，把金色的田野蜿蜒地浅浅剖开，比人还高的芭芒和芦苇，时不时地侧身一旁，河中的鹅卵石也从水里探出头来，大度地把路让给远方赶来的水流，然后再微笑着把河水从东山脚下送走。

循着河水流动的脉络，和西意识到这条河叫青河，这个村庄叫青河村。看着南山脚下孤零零的几间平房，和西知道这里就是青河小学了。

青河小学是方圆十几个山谷的两所小学之一。学校有三个年级，共 35 名学生。因为教室只有一间，所以三个班级都必须挤在一起上课。升到四年级，孩子们就得翻两座山，去山那边更完善的红源小学……

和西从山坳中走下来，沿着小路来到了青河村村口。一群狗吠叫着涌过来迎他，和西数了数，总共 18 条。是的，这个村庄共 18 户人家，每户人家都有一条狗，和西认识那条叫得特别欢实的老狗，那是白庆国家的。

这天是白庆国的新婚大喜之日，白庆国的结婚对象，是刚满 18 周岁的兰继芬，也就是那个被货郎带走的傻子姑娘的妹妹。

在村民的眼里，一个不肯本分务农的人，算不得正经人，白庆国就是这样一个游手好闲之辈。白庆国初中毕业后，就没正经干过农活，他今天从东山出去，明天从西山回来，后天又沿着南山的路往外走，没有人知道他都去了哪里，干了什么。大家只认定一条，这样的男人没有哪家的姑娘会嫁。然而就是这么一个四六不靠的男人，在他混成 38 岁老光棍的时候，却拐上了兰伯春的二女儿兰继芬，一时之间，方圆几个山谷都为之瞠目。

听说白庆国是修赶圩路的时候，把兰继芬弄到手的。东山延伸出去的这条路，是村庄通向镇子的唯一道路。到了春天，草长得猛，早晚的露珠不仅会打湿裤腿，还容易藏着蛇虫，因此季节一到，村民就要集中起来修一次赶圩路。这一年割草时节，白庆国碰巧回村，碰巧跟兰继芬挨着割草。那天天气有点热，兰继芬穿得有点少，兰继芬的体香激发了白庆国蓬勃的欲望，白庆国开始变得滔滔不绝，他口若悬河的故事，一不留神就把没见过世面的兰继芬迷住。于是这两个人离人群越来越远，在确信其他人看不到的地方，白庆国一翻身就把兰继芬压倒在路边的草丛里。

睡了兰继芬后，白庆国才意识到，他花了二十多年万水千山没有找到的女人，原来竟在他的眼皮底下。

没有多久，兰继芬的肚子就大了。事情很快败露，兰继芬的父亲兰伯春和兰继芬的几个叔伯，把白庆国堵在一块背阴的玉米地里，按着就是一顿暴打，据说那被当成凶器的玉米棒子，飞溅起的金黄色的颗粒，很快便铺了满满一地——直到兰继芬疯了一样赶来，哭叫着扑在她男人的身上，这场暴力才终于收场。而殴打白庆国，最终则成为一种仪式，宣告了这对年龄悬殊的男女关系的合法化……

——此刻，这个叫青河的村庄，正被白庆国和兰继芬的婚礼簇拥着。几百人涌在村子里，他们杀鸡宰鸭、喝酒吃肉、猜拳行令，他们在大声的喧哗中，等待着新娘出门的高潮时刻，他们黑压压一片，把村庄缝隙里的道路和坪子填得满满的。

白庆国家在村庄最靠里的一排，他家的猪圈和厕所，就修在北山脚的坡地上。即使这样，兰白两家相隔也不到200米，为了彰显婚礼的浩大和热闹，迎亲的队伍在村里村外转了好几圈，才挑着彩礼终于来到兰家的门前。

和西跟白庆国家的狗打了个招呼，沿着一条小路绕到了南山这边。北山下的那几排房子变得低矮起来，远处鼎沸的人声和鸡鸣狗叫也变得微弱，一阵清风拂来，糊在身上的汗水被吹开了一些，一阵轻微的啜泣声也送到和西的耳中。

这个哭泣的少年叫兰志远。

兰伯春老婆共生了七胎，活下来的有三个，老大是傻子兰志芬，老二是兰继芬，最小的这个兰志远，是他家的独生子。上小学的时候，兰志远和二姐兰继芬，总带着傻子一起去学校，有同学欺负傻子，兰志远就跟人打架，兰继芬就在一边哭，傻子则在旁边笑。到红源上学后，兰志远没法带着傻子同往，傻子就留在了村里。货郎把傻子带走，兰志远觉得是他爸妈的过错，他开始恨他爸和他妈；兰继芬跟白庆国好上后，他开始是恨白庆国，后来他把他二姐也恨上了，家里人做的每一件事，都让他感到生气，感到耻辱，感到无处发泄，以至于兰继芬的新婚之日，他也不肯对自己妥协。

此刻兰伯春家里，兰继芬已经披挂停当：身上换了艳红的衣服，头发抹了油，溜光水滑，眉毛和脸也用丝线开过了，白嫩嫩光溜溜的。村庄有哭嫁的风俗，姑娘出嫁时哭得越凶，将来的日子就越红火。但兰继芬却死活哭不出来，兰继芬的妈一会儿进来一会儿出去，见她女儿压抑着欢喜的情状，一点哭的意思都没有，气得直骂。骂得狠了，兰继芬实在忍不住，嘴巴一咧，暴出一串大笑，笑到最后，终于笑出了眼泪，也笑出一身的热汗。

有了眼泪，也就算是哭过了，该由新娘兄弟把新娘背出闺房。这时大家才发现，根本找不见兰继芬的弟弟兰志远！兰伯春老婆不断地絮叨：“早就跟志远说了的，早就跟志远说了的，也不知道这仔跑哪了。”叔伯婶娘满世界地找，村前村后地喊，兰伯春憋着一肚子的火，也不好开口大骂，眼看时辰已到，不得已，只能抓了个堂弟兄顶包。

兰继芬已经怀孕八个多月，她挺着硕大的肚子，无论如何都行不成“背礼”，只能象征性地在堂弟背上贴了贴，笨笨重重地迈过门槛。鞭炮炸响之间，迎亲队伍走在最前，担郎挑着彩礼跟上；伴娘给新娘把小伞撑起，身后一众婆婆媳妇小姐妹逶迤在后。一行人在村里村外又兜了好几圈，才终于进了白庆国的屋……

南山上和西听着那低泣声，静静地站了一会儿，从一丛高大的灌木后悄悄地绕了过去。透过密密的树丛，他看见那个少年正低着头，一边流泪，一边小心地摘除牛身上的虻虫。牯牛什么也没有说，只默默地吃着草，并用“沙沙”的抓草声和咀嚼声，回应着兰志远的悲伤。牛知道自己是牛而不是别的，所以它只能默默地听着，并记着。

和西转身正准备下山，突然一声婴儿的啼哭破空而来，并迅速传遍山谷，和西身子颤了一下，他突然意识到：这孩子是黑桃8。

白庆国儿子应该是“启”字辈，但白庆国没有采用族谱上的辈分，而是给他的儿子起了一个非常连绵的名字：白青山。

还有比这更好的名字吗？白庆国走到哪，都跟人强调这个名字的意义：只要青山在，不愁没柴烧——青山，多稳当，多厚实，多有文化。

和西来青河做老师，并不是因为他喜欢孩子，也不是因为他喜欢教书，他只是喜欢在村庄待着；而待在村庄，就总要做点事情，于是教书就成了他的事情。和西把教科书上的东西告诉那些孩子，既无偏爱，也无嫌弃；既不跟哪个学生亲近，更不特意跟某个学生疏远。他跟村庄保持着既有的距离，如同动物和植物之间的距离。

吃狗肉的那天，在镇上读高中的兰志远也回来了。兰志远已经听说他二姐和二姐夫的事，这些事被人说长道短，议论纷纷，这让兰志远感到羞耻——家里很多的事，都让兰志远感到羞耻：比如傻子大姐被货郎拐走，比如白庆国搞了他二姐兰继芬，比如兰继芬出嫁的当天就生下野种……兰志远时常幻想不用再回这个家，时常幻想某个周末有人邀他，他有别的地方可以去，可是除了青河村这个山旮旯，好像这个世界上还没有别的地方认识他，他也没有收到过除了青河之外，任何其他地方的邀请。

和西来到白庆国家的时候，一群男人已经围坐在热气腾腾的火锅前。大家都吃惊地抬头看和西，一条狗无法填满这帮男人的肠胃，他们为多添了一张嘴有些不满。和西也感到不好意思，他不停地摆手，竭力想让大家明白他不是来吃狗肉的，因此无论白庆国怎么拉扯他都不肯上桌。可是和西不吃狗肉他来干什么呢？这时候和西的眼睛看到了白青山，是的，和西是来看白青山的。

菜还在锅里，白青山和兰志远就已经吃好了，这舅甥二人，这会儿正在椿凳上逗白青山家那只叫老六的黑猫——老六的名字是白庆国的爸起的，白庆国的爸已经死了好几年，因此没人知道白庆国的爸为什么给黑猫起名老六。

这只叫老六的猫跟狗一样老，是一只老猫，但是显然白庆国更喜欢他家的狗。白庆国赶山的时候，总是带着他家的狗，在外面喝完酒回来，总记得给狗带根骨头，有什么不愿意对人讲的话，也喜欢跟他家的狗说；而对于猫，白庆国一直不太待见，老鼠猖狂时骂几句猫，猫叫春在屋顶狂跑的时候，白庆国更叫嚷着要把老六杀了吃肉。

猫被冷落多年，对白庆国很有意见，跟白庆国也一直不怎么亲，跟狗也像有仇似的，一见面就撕咬，直到白青山出生。白青山跟其他人不一样，白青山喜欢猫胜过喜欢狗，因此猫也喜欢跟白青山玩。村庄的人喜欢吃狗肉，而猫肉却是不太吃的，据说吃了猫肉夜里会怕冷，这样猫基本不会被捕杀，基本可以正常地老死。猫看见白庆国杀了他家的狗，不免有些幸灾乐祸，想着从此无狗再跟它争宠，在白青山的面前，就有些掩饰不住的得意。

为了证明自己不会加入这场狗肉大战，和西马上凑到椿凳这边来。虽然和西已经来青河村一年多，但是兰志远跟和西不熟，见和西过来，兰志远挪了挪屁股，让出一点点位置，并摸过旁边一副扑克牌，有些生涩地问和西“玩不玩？”和西问“玩什么？”兰志远来不及回答，旁边的白青山奶声奶气地说：“斗地主。”

兰志远开始发牌，也发了一摞给白青山。三摞牌刚刚发完，和西就发现少了几张，他说“牌好像少了。”这时白青山就在旁边咯咯地笑起来，兰志远笑着掰开白青山的手，发现这孩子手里分别压着梅花 9、黑桃 8 和红桃 3，另外还有一张梅花 4。

2. 失踪的野生少年

刚刚两三岁，白青山就学会了飞鸡走狗、爬树遛鸟，而每次闯祸，白庆国都假模假式地人前骂一阵，背地里却不无得意地跟他老婆兰继芬说，这小子长大了，肯定是个混世魔王。

对于白庆国的高度评价，白青山非常不屑，每次干完坏事，他都要去到南山脚下去待会儿，好像他所有使坏的能量，都是来自学校的这两间泥坯平房。

那时候白青山走路还不太稳当，要穿过那片田野，基本上是连滚带爬。有时白青山爬到半路，恰好就有村民经过，这人抱起白青山，直接放到学校门口；放下的时候，白青山伸出舌头，舔一舔流出来的鼻涕，邪乎地咧嘴一笑，抱他的人骂一句“这坏仔”，也就笑了。

多年里，村庄一直默默地注视着这个男孩：他小小的身体，连滚带爬地，慢吞吞穿过整个田野；这孩子身后，跟着他家的黑猫老六。他们穿过那成片的稻禾，穿过粉色的紫云英，穿过黄色的油茶花；两颗小小的脑袋，在通往南山的路上时高时矮，时隐时现，像是浮在浪里、随时会被打翻却永不沉没的两只小小的纸船……

每次看着两个黑点远远滚来，和西就抑制不住地喜悦。和西站在学校门口的桂花树下，把脖子耐心地伸出去，有时一伸就是半把个小时，直到白青山走到近前；偶尔看见白青山中途摔倒，和西就远远地看着他爬起来，即使白青山跌倒在他面前，他也不会上前搀扶。而白青山，就在和西耐心的等待中，像拔节的庄稼般成长起来。

白青山与和西的关系，让村庄非常好奇。一次白庆国找了过去，远远看见白青山背坐在学校门前的井沿上，前仰后合地哈哈大笑，他的两只小脚甩来甩去的，一双布鞋挂在脚上似掉未掉。白庆国生怕他儿子掉到井里，可是和西却对此视而不见；和西坐在一张小板凳上，慢条斯理地搓着脸盆里的衣服——和西总是在洗衣服，没完没了的，这让白庆国怒火中烧。

白庆国蹑手蹑脚地走近，他听到白青山说："今天我家的鸡又下了一只蛋，是红的。"白青山说他去捡蛋的时候，看到一只缩头缩脑的老鼠。白青山说到老鼠的时候咯咯地笑，白青山说总有一天他会把老鼠吊起来，烧熟了来吃。白青山语言能力刚刚发育，吐字含混不清，但意思和西却完全明白；看着白青山笑，和西也跟着笑了起来。

这时一只燕子飞了过去，白青山止住了笑声。白青山问和西："燕子……飞……好远，它怎么……找家？"

和西就说："它能看见。"

白青山说："它在……山那边，怎么……看见这边？"

和西说："看一点飞一点，把目光连起来，就看见了。"

白青山比画着："它的眼睛……那么长……那么长？"

和西就说："燕子心里的眼睛很长。"

白青山看看和西的眼睛，又看看自己，然后说："你的眼睛……在脸上，"他摸了摸自己的眼睛，"我的，也在脸上，不能伸出去，心……在里面，也不能……伸出去，怎么……看得见？"

和西想了想说："当然能伸出去，只是我们看不见。"和西把搓好的衬衫按在盆沿上，又接着搓盆里的内裤："鼻子伸出去，可以闻到很远的味道；耳朵伸出去，就可以听到风来了。不信你试试。"

于是白青山就先试了下眼睛，又试了下耳朵，还试了下鼻子，再次忍不住咯咯大笑起来，笑完后白青山严肃地说："我的鼻子……闻到了……我爸。"然后白青山扭动着身子东张西望，仿佛随时都有可能掉到井里，白庆国只能从后墙根走出来。

白青山白天来，兰志远却在夜晚来。

白天村庄除了牲口和畜禽，就剩那些人。人在村庄走来走去，一目了然，和西对人不感兴趣。而到了晚上，人和牲畜都睡了，它们把村庄和田野都让了出来，就轮到各种野虫出来活动。虫们兴高采烈，争相鸣叫，有月光的晚上，和西仅凭叫声，就能抓到个头最大的山蛙，最擅长打斗的蛐蛐；如果没有月亮，和西就以萤火虫为方向，他凭着萤火虫飞翔的轨迹，穿行在稠密的虫鸣声中，这时候他就是一只黑色的大虫。

相比村庄的白天，和西更喜欢村庄的夜晚。他喜欢夜里田埂形成的路网，这是整个村庄的血管；在那网状的田野里，和西从不会迷路，他清晰地知道哪条田埂更窄，哪条田埂泥土松软，哪条田埂边的小渠里，蟾蜍蛋和蝌蚪最多。了解了这迷宫一般的网络，也就深入了整个村庄的灵魂。

和西有时也会在夜里看见人。人或来看田水，或来看庄稼，或来找白天落下的锄头。人一般不会在田野里逗留太久，事情办完就会回去，关上门便不再出来。人还往往带着家里的狗，村里的狗都认识和西，因此一般都不叫。这时候和西就会远远地避开，尽量不跟人打照面。

然而有天晚上，和西却发现了另一个游荡的人。这个晚上有稀薄的月光，和西远远就看见一个影子，它长长地浮在稻田上，趺趺撞撞，没有目的，像是个生手。和西只认识白天的人，夜晚的人他不熟，夜晚的人的影子他更不熟，也没见过。他本来打算避开，可是这个影子在过一条沟时，一下子矮下去了。和西熟悉这道沟，他以为影子会从沟里爬起来，没想到沟底却传来了低低的哭声。这哭声非常压抑，跟疼痛或恐惧没关系，这是一种悲伤的哭，这哭声和西听过。

和西见到兰志远的时候，兰志远并不承认自己哭过。其实兰志远不喜欢夜里游逛，他不像和西那么闲，白天干一天的活，晚上已经累得要死，一沾床就恨不得打呼噜。只是最近他总是睡不着，好像村庄那高悬的月亮，把所有的月光都集中来照他，把他的心照得白晃晃的，月光照着照着，兰志远就穿衣起床，就走到这里来了。

从那以后，兰志远经常在晚上来找和西。和西跟白青山在一起，主要是通过语言交流，但跟兰志远在一起，他们更多时候是不说话，只是听着田野里的声音，嗅着田野里的气味，时不时搭几句，这样，夜晚就像流水一般慢慢地流走了。直到有一天，兰志远突然失踪，剩下和西一人，在的夜晚村庄游荡。

兰春玉有六个如花似玉的女儿。可是整个村庄都在忙着繁衍生息，没有人发现这几个女儿原来如花似玉。兰春玉也没有发现。二十多年来，他做梦都想生个儿子，他的老婆怀了一胎又一胎，可生下来的始终都是女孩，等他老婆生到第九胎（有三个没有养活）的时候，国家开始计划生育，他的儿子梦才像失控的水龙头般被拧上阀门。

兰春玉认命了。接下来兰春玉的生活重心，开始转移为“招上门女婿”。

然而，当见多识广的媒人第一次登门，就被兰春玉六个女儿的美貌惊住了，这时候村庄才恍然大悟，原来兰春玉的女儿个个都是美人，原来长这样的就是美人。这么多年，村庄一直守着一窝美人而不知道，如同身边堆放着金山银山，却一直过着穷日子，村民们都为此有些不平。于是村庄变本加厉宣扬他们的美人，他们甚至以为村庄一定还藏着另外的不为人知的美人，他们把整个村庄的女儿一个个拉出来让人看，这个美吧，这个美吧，于是整个村庄的年轻妹仔，都成了这个镇子方圆几十公里的美人。

于是，兰春玉的三个女儿，刚到适婚年龄就被娶走了：招什么上门女婿，直接有钱就行了！兰春玉的三女儿，甚至一下子嫁到了县城，并且新郎还是一个开服装店的小老板，光是那一扎扎的现金聘礼，就让村庄睁不开眼睛，更别说新郎还把汽车开到山口来接亲。于是大家都说，养儿子有什么好，养儿子能这么有福？养儿子还不就是还前世的债！——光是这一个女儿，就让兰春玉的人生熠熠生辉。在众人艳羡的目光中，兰春玉没有儿子的遗憾，仿佛获得了某种补偿。

但这种满足很快就露出了它的破绽。女儿们出嫁后，就像泼出去的水，一年回不了一两次；随着人们对兰春玉女儿的兴趣减弱，兰春玉的心慢慢又淡了下来，于是招上门女婿的心思再次活跃起来：女儿再好她能为家里传宗接代吗？女儿再好她能天天守着你吗？女儿再好她能为你养老送终吗？兰春玉还有三个未出嫁的女儿，留一个在家里还来得及。

于是小女儿兰志玲，成了兰春玉最后一块心头肉。

兰春玉想留兰志玲，不是因为她在六个女儿中最漂亮，也不是因为她最听话，恰恰相反，六个姐妹中，兰志玲脸蛋没姐姐们圆，鼻子没她姐姐们高，眼睛也没她姐姐们的大。总而言之，兰志玲的爸妈怀了九个孩子，到兰志玲这里，已经差不多把精气神都耗尽了，所以兰志玲只从父母那里得了一点点姐姐们剩下的基因。

不过就这一点，却让兰志玲美得更加无拘无束，英姿飒爽，一点也不像几个姐姐那么拘谨，而这也是兰春玉最喜欢兰志玲的原因。这个家庭的阴气太重，太需要增加一些男儿气，因此兰春玉两口子对这个小女儿尤其娇纵，不仅不让她干重活，甚至就不让她沾手干活。“有你姐姐呢。”“有你姐姐呢。”兰春玉总这么说，然后这种娇宠就成了整个家庭的潜意识；然后兰春玉就又说：“看你什么都干不了，以后嫁到别人家怎么办，还是留在家里让爸妈养着吧。”

对于自己的美，兰志玲一直不以为然，全家对自己的宠溺和期望，她也不太当回事。兰志玲一直以为，她来到人世，肯定有她自己的事要做，兰志玲只做自己喜欢的事，比如她喜欢编织，五六岁时就到处搜罗各种手套，拆了洗，洗了晾干，今天织个帽子，明天织双袜子。后来有钱可以买毛线了，她就把全家过冬的毛衣都承揽下来，今年拆了明年又织，不断换着花样，一家人好像每年都换新毛衣似的。

兰志玲织毛衣很有点天赋，不管什么样的花色款式，她只要看一眼就能织出来，并且还能比原版更漂亮，更严实；到兰志玲十三四岁的时候，她已经可以盲织：上课的时候，脑袋露出来听课，手指却在课桌底下飞针走线，一节课下来，半只袖子就织得差不多了。

一次上语文课，兰志玲有点忘形，动作的幅度可能大了点，被正在讲解中心思想的冯老师点了名。冯老师四十多岁，老婆死得早，不得不把儿子从乡下接来带在身边。冯老师鼻沟很宽，还有点泛白，同学们都在背后说冯老师是鼻涕虫，兰志玲也这么想，她不喜欢鼻涕虫，因此也一直不太喜欢冯老师。兰志玲这次被抓了现行，心想这下肯定完了，这可是三姐从县城买来的马海毛线，橘色的，她喜欢得不得了，她甚至都已经想象出毛衣穿在身上的样子……

兰志玲几近绝望地等着冯老师来没收毛线，可整整一节课冯老师都没再理她。下课的时候，冯老师直直朝她走来，兰志玲心想这下完了，一副等死的样子，然而冯老师却说："兰志玲，机子辫怎么织？你教一教我。"冯老师和儿子的毛衣，都是冯老师亲手织的。

从那以后，兰志玲更是肆无忌惮。总有几个同样喜欢编织的同学，午休或课间的时候，坐在檐下的长条凳上，手指飞快地舞动，嘴里叽叽喳喳地说笑；兰志玲总比其他同学织得好织得快，于是就总有人来向她讨教。阳光从屋檐上探下来，落几粒在女孩们的发梢上，你能看见兰志玲有几根头发，随着她鼻翼的翕动，在阳光里轻轻地飞着。

兰志玲曾经以为，她或许能够织出一个属于她自己的世界，那个世界五彩斑斓，深邃迷幻，如同她梦里伸手可触的星空。可是这年冬天的这场冷雨，却把她的世界封死在永恒的黑暗里。

这个冬天实在太过阴冷。白天，村民守在一个个火塘前，他们前胸烤着炭火，后背却是冰冷的，于是他们把背转过来，前胸又变得冰冷。他们的衣服怎么也晾不干，白天晾出去，晚上还是湿漉漉的，手摸上去，像冰块一样发硬，于是他们只能收回来，用罩子扣在炭火盆上。夜晚，人已经缩进了被窝，而衣服还在烤着，衣服鞋子的气味飘荡在屋子里，人就在这种热烘烘的气味中进入梦乡，好像他们的梦也烤着火似的。

十四岁的女孩兰志玲，就在那弥漫的各种气味中，在幽深无底的黑暗里，默默地睁着她的眼睛。黑暗世界的尽头，她看见了一片肆无忌惮的原野，烟雨之中，那原野一直铺展开去，无边无际，美妙无比，一位清秀的后生正站在原野中心笑望着她。

几天前，兰志玲给堂姑家表姐送嫁，蒙蒙烟雨中走到一座桥边，突然看见对岸一个后生在冲她笑。这后生挑着彩礼，撑着纸伞，独自在河岸边悠悠地走着，岭坡上枯黄的植被，把他的身影衬托得愈发孤单清瘦。兰志玲像在什么地方见过他，可是一时又想不起来，虽然隔着条河沟，但那后生的笑还是被兰志玲捕捉到了，那笑容通过飘落的雨丝传过来，朦胧而湿润，让蜿蜒的河谷泛起一层层的雾气。

婚礼的扑克牌桌上，兰志玲第二次见到这个后生，他端坐在桌子边，专注地算计着自己的牌数，下着自己的筹码，他看上去有些冷漠，还有些孤僻。兰志玲远远地看着这个人，想象着关于这个人的种种：他是什么地方的人？他叫什么名字？平时都喜欢做什么？他有朋友吗？什么人才会是他的朋友？他们在一起都聊些什么？如果跟他在一起……兰志玲正在胡思乱想，那后生突然抬头，并透过人群一眼看到兰志玲，与兰志玲的目光撞在一起。

他们的目光撞到一起，只有一刻，就撞出乒乒乓乓的响声。这声音吓着兰志玲了，她在这声音中落荒而逃。随后的两三天，兰志玲一直都想着这个人，她游走在表姐夫家的屋前屋后，希望再次跟那后生碰面，她甚至想最好是在屋外的田垄上，在柴堆后面的那一片李树林里，或者是通往山外的那条小溪边……可是直到离开表姐夫家，兰志玲也没再见到这个人。

后生面孔上那个冷清的笑容，却被兰志玲带回来了。兰志玲一直想，那干干净净的笑容，不应该属于这山里，山里的笑容是简陋的，有点粗，还有点野，可是那后生的笑容却是精致神秘的，甚至还有点淡淡的忧郁。那么这迷人的笑，到底是从哪里长出来的呢？兰志玲相信她今后的人生，将是对这个笑容的一次次破译，于是她开始在心里勾画，勾画自己在每一个熟悉或陌生的地方，与这个笑容的不期而遇。

以寒冷作为保护色的夜晚，让兰志玲的想象更加肆无忌惮。在这种漫无边际的想象中，兰志玲觉得她该做些什么。是啊，她可以做些什么呢？她突然想要织件独一无二的围巾，让这围巾替自己终日贴在那后生的肌肤上。兰志玲那么多年的针织技艺，仿佛只为了等待着这个人到来。兰志玲简直可以看到那个人围着她织的围巾，冲着她笑的样子了。

于是兰志玲披衣坐了起来。

兰志玲摸黑起来，在堂屋把灯点亮，并下意识地看了一眼侧上方的楼门口。在村庄，每家每户都有这么一个木楼，楼上长年存放粮食和杂物，也存放打好的棺材，因为楼梯被抽走了，那楼门就黑洞洞地悬在那里。兰志玲抬头的瞬间，突然就有点紧张，好像那楼里有双眼睛盯着她看似的，她把心紧了紧，再看一眼，直看到什么也没有为止，她才拿起灯去了灶间，然后返身把门关上。

兰志玲挖出埋在灰里的火种，重新把炭火烧起来，她把自己的脊背放在寒冷里，把胸前烤得热烘烘的，然后从小筐中挑出一团白毛线，开始起针编织一条白色的围巾——只有这样干净的白色，才配得上那同样干净的笑容。

兰志玲告诉自己，这次的编织，跟以往任何一次都不一样。可是，又有哪里不一样呢？兰志玲刚起了个头，又觉得哪里不对，于是只能拆了重织，可是反反复复好多次，始终没有找到对的感觉，就这样织了拆拆了织，在这种反反复复的否定与被否定中，兰志玲不由有些烦躁。

屋外传来清晰的丝丝的雨声，兰志玲困倦无比，也沮丧无比。她站起身来想回房去睡，却不小心绊倒了装毛线球的笸箩，那团白色的毛线球一下子滚到了火堆里；兰志玲回身来抢，又绊倒了脚下的方凳，旁边瞌睡的猫一下子受惊，嚯地蹿了起来，兰志玲一个趔趄，照着那塘通红的炭火，直直地跌了下去。

随着一阵凄厉的惨叫，兰春玉全家都惊醒过来。一片忙乱的呼天抢地声中，全村的人和狗也跟着醒来，狗们同时还闻到了一股肉的焦味，它们循着烧煳的味道，狂吠着朝兰春玉家狂跑，狗的身后，跟着醒过来的人们……

第二天早上，兰志玲被烧伤的消息已经扩散出村庄，传遍了周边的村村寨寨。大家都不明白那天夜里，兰志玲身上到底发生了什么，他们都说那孩子怕是中了邪了，深更半夜不睡觉，起来烧那么旺的火，她到底想干什么！大家都说也许这妹仔太漂亮，漂亮出一股鬼气，连鬼都眼红要来害她。兰志玲原来的美丽，也因此被进一步夸大，因为这夸大的美，兰志玲的悲剧就成了整个村庄整个小镇的悲剧，以至于多年之后的晚上，村庄仍然回荡着女娃仔凄厉的惨叫，以及人肉被烧煳的焦油味。

兰志玲事件，迅速取代了兰志远的失踪，成为方圆村寨的新热点。村庄都觉得这个冬天很不寻常，尤其是兰氏家族的人们，他们悄悄买了纸钱，塞到祖先坟头的石缝里，多年没有人走动的小庙，也突然呈现出复苏的迹象。

据说这一次，兰春玉贴进了前三个女婿送来的所有聘金，都无法让他心爱的小女儿恢复先前的容颜；也从那个寒夜之后，这个精灵一般的少女，在村庄凭空消失了，村庄从此再也听不到兰志玲的笑声，也再看不到那张美丽得让整个村庄扬眉吐气的脸。于是村庄迅速委顿下来，人们就在心里嘀咕：兰志玲还活着吗？兰志玲是不是死在外头了？死在外头的人，是不能抬回来的，只能找地方偷偷地埋掉，那兰志玲是不是就成了村庄的野鬼？

大家都不敢去问兰春玉，谁还好意思往一个可怜人的心上再撒一把盐呢！于是关于兰志玲的疑问就这样被包裹起来，包得久了，大家慢慢地就忘记了。

那天晚上，和西梦到了蝴蝶和方块 8。

蝴蝶飞在城市的上方，这种飞翔的姿势很累，她想停下来，可是风阻拦了她。她看见一扇大开的窗台上，一蓬绿色的植物在蓬勃地生长着，明亮的灯光中，淡蓝色的小花投下美丽的浓影，于是蝴蝶奋不顾身朝这花飞去。

蝴蝶在花下正要睡去，一阵低低的啜泣声把她惊醒，透过叶脉，蝴蝶看见一个女孩正依在床头，汹涌的泪水扑满了她美丽的脸颊。蝴蝶不知道这个女孩为什么哭泣，在蝴蝶的经验里，只有被饥饿和病痛折磨而哭泣的孩子，她不知道除此之外有什么值得哭泣的事情。

蝴蝶很想安慰这个女孩，她飞到床前，给女孩跳了一段万圣舞。这是蝴蝶家族最盛大的一种舞蹈，春天到来的时候，蝴蝶家族会全体出动，与天地万物一起翩翩起舞，表达对大地的深情厚爱。蝴蝶跳的第二段舞叫铃兰舞，这是蝴蝶家族中关于爱情的一种舞蹈。在草原上，那些成双成对的蝴蝶，就是以这种舞蹈的方式表达自己的爱情的，他们在花丛中、在树林里、在小溪边，把这种舞蹈的纯洁和浪漫发挥得淋漓尽致。蝴蝶想，这也是女孩会喜欢的吧。

可是这段舞跳到一半，女孩又开始哭起来了。一道闪电划破夜空，把蝴蝶吓了一跳，也把女孩吓了一跳，蝴蝶骤然飞到窗前，她发现一阵狂抓乱挠的雨，已经在尖啸的风中向这座城市袭来。雨把门窗、街道和街灯吹打得鬼哭狼嚎，把光影、树影和水的影子搅和在一起，然后又把它们摔碎在呼啸着的雨雾之中。蝴蝶想，这雨一定是憋得太久了，一定是有些疯狂了。

蝴蝶正对着雨出神，她突然发现女孩也走到了窗边。女孩的眼睛虽然哭过，却依然是清亮的；她的头发虽然有些凌乱，却别有一番情致；她的身体虽然有些瘦弱，但在长长的睡袍中却透出一种优雅；女孩注视那雨水的表情，有点儿惊喜又有点迷乱。

女孩的美丽使蝴蝶感动，她飞到窗边，望着女孩的眼睛再次翩翩起舞。虽然雨水打湿了她美丽的衣裳，虽然她身上的萤粉也被暴雨一点点打落，但她看见了女孩的微笑。女孩伸出手向她召唤，仿佛是想抓住这种似梦似幻的美丽，她把自己的身子不停地向外倾斜，向蝴蝶倾斜、向那场淋漓的暴雨倾斜，突然她一跃越过窗台，从城市的高楼向雨中翩翩飞落……

真美啊，蝴蝶想。然后蝴蝶听到女孩轻轻地对她说：我叫方块 8。

3. 青河小学的宿命

黑猫老六蜷伏在春天的暖阳下，静静地想着心事。猫的心事不远，只在几步之外，几天之内。青河的水又涨起来了，猫从河边经过的时候，可以看见河里的鱼。猫想抓鱼，可是鱼在水里，猫刚伸出左脚，左脚湿了，它抖了一下左脚的水，又伸出右脚，可是右脚也湿了，猫于是想用嘴把鱼直接衔出来。可是鱼游得很深，猫的嘴也没到水里了，还是没有够着鱼，于是猫只能用力地喝水——如果水喝干了，是不是就可以抓到鱼了？可是猫喝啊喝啊，喝累了歇一会儿，撒泡尿，又继续喝。它反反复复地喝了好半天，喝得肚子都要胀开了，河里的水却没见少一点点，而那鱼还是在眼前游来游去的，好像在嘲笑猫一般。猫非常气恼，猫想不明白，河里的水怎么就喝不干呢？

这个问题猫想了好多天，越想越沮丧，到后来连身上的毛毛，他都懒得舔了。

黑猫老六已经老了。从生下来起，黑猫就以为自己是来抓老鼠的，直到已经很老，黑猫才明白，人早就不指着猫抓老鼠，人和老鼠早就讲和；直到已经很老，黑猫才知道抓鱼更有乐趣，更具有挑战性；直到已经很老，黑猫才知道抓鱼可能会成为它余生最有意义的事情。

黑猫为此有些忧伤，因为黑猫不知道自己还能活多久，反正是活不长了。猫不知道余下的猫生里，还能不能抓到河里的鱼。这鱼，猫确信是吃过的，几年前猫身体还比较强健的时候，那孩子从自己的碗里扔了一条鱼给猫。那是一条煎鱼，不大，但是煎得黄黄爽爽的，吃在嘴里，香味在身体里留了好几天，于是猫同时决定把自己交付给那孩子；也是跟着那孩子，猫才知道猫生其实还有其他的可能，才知道猫除了抓老鼠，其实还可以抓鱼。

可是鱼知道猫的使命吗？那孩子知道吗？老鼠知道吗？人知道吗？村庄知道吗？猫真的想让全世界都知道……

“老六，跟我去和西老师那里。”那孩子说着，已经蹒跚地走在路上。猫心情不好，它不想去，猫看着那孩子小小的背影，看了好久好久，直到要看不见了，才慢吞吞从地上爬起来，伸个长长的懒腰，打个长长的呵欠，朝孩子的方向跑去。

于是那条泥泞刚刚晾干的小路上，再次有了孩子和猫起伏的身影。

和西又坐在桂花树下洗衣服了。洗衣服是和西除了教书外，一件非常重要的工作，如果不洗大件的衣服，也是一件非常惬意的工作——在半掩半隐的桂花树下，双手搓着一条内裤或一件背心，眼睛捕捉着村庄和田野的动静，耳朵偷听着村庄和田野的声音。风从东边吹过来，一部分来到他的身边，一部分光临村庄的房屋和炊烟。有时候和西会想，这两股风如果比赛的话，是先到他这里，还是先到村庄呢?

和西对村庄的事兴趣不大，但是对村庄的变化却又是感兴趣的。他喜欢抽象的村庄，胜过喜欢具体的村庄，于是他便在具体的村庄里，把村庄抽象成他想象的样子。而白青山总能用最简单的话戳穿他，让他既感到羞愧，又有一种找到知音的畅快。

这时候，白青山正跟那只黑猫一起，蜷伏在井台边的水泥地上，这孩子不断地吸着鼻涕，口水流得前衣襟全湿了。他刚才看见了和西屋内的桌上，有一封已经开了口的饼干。

和西轻轻地挥了挥："去吧。"话未说完，黑猫老六就一跃而起，冲进了和西的宿舍。不一会儿，猫衔着一枚饼干扔在白青山的面前，一边用眼睛斜睨白青山，一边用爪子拨弄着寻找下嘴的地方。白青山盯着那枚饼干，扭动着身子喊："猫把饼干拖出来了！"和西再次挥了挥手，这次轮到白青山一跃而起，冲进屋把整包饼干拿了出来。

白青山吃得咽不下去了，才伏在井边喝了一口和西递过来的水，猫舔着白青山掉出来的碎渣，以及白青山嘴角的饼干末，喉咙发出咕噜噜的声音。白青山把猫推到一边，又开始发问："做什么……他们……找你？"

和西还在搓着那条白色的弹力内裤，仿佛要把这条内裤搓烂似的。村庄的人是不穿白色内裤的，他们的内裤多为灰色、蓝色或黑色，是棉布做的，宽宽松松，挂在胯上，他们以为这样才可以不妨碍那物件的生长。而和西的内裤是有弹力的，村庄的男人不知道男人还可以穿这样的内裤，也不知道和西的内裤跟他们的不一样，他们也留意不到这些；如果他们从和西晾衣服时总刻意遮挡的缝隙里发现这个秘密，他们会怎么想呢？

白青山知道这些，但白青山不知道这会成为一个问题。白青山每次看见和西洗衣服，都只是在洗衣服，他不知道衣服可以分成很多种，所以白青山从来不问这些傻傻的问题。白青山问的问题都是看得见的大问题，比如他现在再接再厉地向和西发问："他们……送饼干……给你……干吗？"

和西再次抬眼看向白青山，终于决绝地说："你不能在咱村的学校念书了。"

镇教办的人没几天就进村了。

他们本来可以不来，直接下发个通知就行了，可就在通知拟好要送出时，镇教办的秘书突然问了句："和西老师的老家是哪的？"这一问，镇教办主任愣住了。主任刚上任不久，对青河小学的情况还不是很清楚，他只知道和西是从北京来的，当年县政府直接就把他安排到了青河村。

一个北京的大学生，为什么来到西南山区的山旮旯？他的父母是干什么的？他有什么背景？这些年他都是怎么过的？想到这些，主任打了个激灵。他及时阻止秘书投出的通知，决定屈尊亲自跑一趟，并且还不伦不类地带来了礼物：一盒饼干。

对于镇教办主任的到来，和西早有预感。这段时间和西的眼皮老跳，和西还总在后半夜，听到有人在南山上哭，呜呜咽咽，似有似无，但只要凝神细听，那哭声就消失不见，好像跟人的耳朵捉迷藏似的。一个月明星稀的晚上，和西蹑手蹑脚地开门出来，循着哭声朝南山上张望，可夜里的南山只是一个巨大的黑影，月光在山头抹一层模糊的白，风吹着屋前屋后的树叶，发出哗啦啦的声音，站着站着，一股凉意就从脚下直冒上来。

从那晚起，和西夜里就不再到田野游逛，只在每天吃完夜饭，改完学生作业，坐在门口听会儿夜声，就早早关门睡觉。可是和西睡得早了，那哭声也早了，好像是候在他睡前，特意哭给他听似的。

和西曾经拐弯抹角地问过他的学生，和西说，最近夜里的风那么大，你们有没有感觉像是有谁在哭？孩子们睡觉都早，他们什么也没有听见，就说风大才好睡觉呢，风大的夜晚梦都更加沉一些。和西又说，家里大人也睡那么沉吗？孩子们想了想说，可能是吧，然后又不肯定地摇摇头，大人们白天都辛苦了，到了晚上应该睡得更沉。可事实是有些大人睡觉总睁着一只眼睛，像狗一样，好像担心睡着时有人把村庄偷了似的。

这样，和西就不再问了。但是和西总感觉那哭声还在，总感觉有什么事情要发生，而镇教办主任，就在这时候来到青河小学。

主任是由行政村的小学校长陪着来的，他们一到学校，就把正在上课的和西叫进办公室，然后关起门来，谈了半个多小时。学生们趴在窗口，试图偷听里面的谈话，但是那些人的声音很低，孩子们什么也没听清；他们只看到和西老师发火了，这个平时少言寡语的人，他强忍着折断了整整一盒的粉笔，然后突然把这些折断的粉笔，全部摔到了镇教办主任的面前。而整个过程，主任和校长都一直谦卑地笑着。

主任和校长走后，整个村庄都知道青河小学要撤并到山那边，其实即使镇教办主任没来，村民也早听到了风声，主任的到来只是印证了他们听到的传言而已。

接下来他们意识到和西也要随学校一起，调到山那边的红源小学去。可是和西为什么要发火呢？到大队部不是更好吗？和西之前的所有老师，都希望能够调到红源小学，或者到镇小学才更好呢！可是和西却让人意外地发了火。

到这时候，大家才觉得和西这个外乡人，已经成为嵌进村庄的一枚文化符号，并且跟村庄长在了一起，好像村庄身上最好的一块肉；因为和西发了火，村民觉得这个外乡人更亲了。

由和西的即将离开，村民又联想到他们的孩子：那么远的山路，那么小的孩子，怎么放心让他们独自翻几座山去上学！

村民为此开始发起愁来。

一段时间里，开始有人干活的时候，总是找个借口到学校去看一眼和西。看见了，他们就安心了，好像只要能看见，就不会消失似的。也有人悄悄给和西送东西了，有时是一把菠菜，有时是几棵葱，有时是一把新碾出来的糯米……以前他们都会问和西要钱，现在村庄不收和西的钱了，他们觉得和西是自己人。

他们有时也问和西："学校什么时候并过去啊？"

和西就说："不急，还有十几个孩子。"

"不急。不撤才好呢。"村民就说。

"不急。"和西又说。

"不急，不急。"村民于是笑着安心地离开了。

和西好像真的不急似的，他仍然领着学生，声势浩大地朗读朱自清的《春》，从春天的第一缕阳光升起，直到夏天的禾苗泛绿；他仍然在下学后坐在桂花树下，不紧不慢地搓着衣服，跟邋里邋遢的白青山，聊着门前的燕子和田野里青蛙的叫声。

那一年，那棵桂花树的花期特别地长，直到冬至日，仍然有淡淡的幽香飘送出来，直到树上已经看不见一粒桂花。

然而和西却清晰地知道，撤村并校这一天，迟早都会到来。

这年开春，白庆柱的两个孙子去县城念书了。白庆柱是白氏族中的老大，他的二儿子白启军从部队复员后，跟一个战友的妹妹结了婚，直接留在了县城打工。两口子婚后育有一子一女，大的是女儿，小的是儿子，孩子生下后就直接扔回村庄，由白庆柱和白庆柱老婆看着。

打工的前两年，白启军夫妇的日子没那么好，只在店里的厨房搭个铺；后来赚到钱了，便在巷子里租了间杂物房，钱赚得更多后，他们租的房子才又大了一些。

然而春节回家的时候，白启军明显是发财了。据说白启军光是买回来的饼干就有好几封，还有甜得化掉的萨其马，还有酒和烟。他们给孩子买的新衣服，是广东那边来的货，不仅料子好，款式也洋气得很，村民为此都很眼热。村民只吃过货郎担里的硬糖，吃过镇上卖的葵花籽、发糕和灯盏馍；村民吃的酒，也是散装苞谷酒；村民抽的烟，都是自己种的旱烟；包装那么好看的糖果烟酒，村民只在商店的橱窗里见过，从来都没想过真要去买。可是白启军却一下子带回来那么多，眼见白启军是真的发达了。

年三十那天，白启军在他老子白庆柱的陪同下，挨家挨户散完烟酒，又到祖坟上放了长长的几串鞭炮，就提出要把孩子接走，说是那边同意接收了，只是交点钱而已，不多。虽说白庆柱夫妇有点舍不得，可进城读书是有面子的事，别的人家求之不得；并且孩子跟着自己的父母过，天经地义，于是初三一早，白庆柱两个分别上一年级和二年级的小孙子，就随同他们的父母一起转学到县城去了。

白庆柱两个孩子的离开，给村庄留下了无数的想象。和西算了算，现在学校只剩下 16 个学生了，到了秋天，有 6 个要升到红源小学的四年级，那就只剩下 10 个；再有 2 个适龄的孩子补充进来，总共也只 12 个；再过一年，就应该不到 10 个。那时候，和西就是再想保住这个学校，也是不可能的了。

可是和西为什么要死死守住这个学校呢？和西是谁？他到底从哪里来？他为什么要这么做？村民突然觉得和西身上藏着很多他们不知道的秘密。

和西不说，村民也永远不会知道。

一旦白天睡足了午觉，夜晚就显得特别漫长。和西躺在床上，时常会想起去年的田埂上那丛茂密的野蒿草，想起那一方泥鳅特别多的小水田，还有后山那条隐秘的水沟，沟底那个暗洞的水到底流向哪里……

那个隐隐约约的哭声，最近已经听不到了。听不到的时候，和西反而有些想念，他重新回到夜晚的田野，如同与一位恋人久别重逢，除了重温旧梦的满足，还有一种时光不再的不舍。

在这种带着忧伤的美妙感觉里，和西无意中发现，好几次兰春玉家地里的活，天黑前还好好地摆在田地里，可是第二天天亮的时候，莫名其妙就少了。

这种事和西后来又发现了两次，一次是南山东坡上的一块玉米地，傍黑的时候，还有一小块没有锄完，他明明看见兰春玉和他老婆收工回来，然后去赶他家的牛，可第二天早上，那块地就莫名地被锄完了。

另一次和西在兰春玉家的荒地里，发现了一窝还没长熟的野韭菜，和西当时想，让它们再长一夜吧，再长一夜，他就割回来炒鸡蛋；他还为此特别在这窝韭菜前蹲了一会儿，用一根木棍做了个记号。可是第二天黎明他再去时，这窝韭菜却莫名其妙地被谁割走了，被割了的韭菜根上，还留着新鲜的刀痕。

一个人田地里的活，怎么可能少呢？和西开始留意起来，可他始终没有发现这活是怎么少的。唯一让他觉得有点奇怪的是，前段时间兰春玉竟然在荒僻的南山南坡上开了块台地，村里自己的田地都种不完，干吗还去开垦一块荒地？可是兰春玉说那块地被烧过，土质很肥，他要在那块地上种葡萄，或者种罗汉果、种柑橘也行。

种果树跟庄稼不同，种果树不太用护理，因此也说得过去。另外国家政策有规定，谁修出来的荒地，所有权就归谁，村民暗想兰春玉也真是精呢；于是也有人开始留意起在那些荒山野地，但终归精力有限，最后也就不了了之。

4. 用讲和的方式反抗

这段时间，兰伯春的老婆得了一种怪病。

兰伯春老婆娘家在邻镇开豆腐坊，县里组织兴修水利时，兰伯春老婆与兰伯春都被组织了。不同乡的两个年轻人，在工地上一见钟情，本来兰伯春老婆已经被许配给本镇一个裁缝，可兰伯春的老婆硬是跟家里撕破脸，嫁到了青河这个山旮旯。做姑娘时，兰伯春老婆没干过什么粗活，嫁到青河后，总觉得有些亏，总拿镇上的生活跟山里比，一来二去的，就有些不甘，慢慢地身体也就有了些毛病。

兰伯春的老婆共生了五胎，可是只有三个活了下来，老大兰志芬是个傻子，跟走江湖的货郎走后就没了消息；老二兰继芬嫁了同村的白庆国，才生一个就失去生育能力；一家的希望本来都落在独子兰志远的身上，可是兰志远却突然失踪，这个原来还有一些生气的家庭，一下子变得像坟墓一样死气沉沉。

尽管兰继芬有事没事都会回家转转，尽管外孙白青山人精般的好玩，兰伯春老婆还是犯下了怪病：她的下身一直流血不止，而肚子却一天天鼓起来。

据说兰伯春老婆得这病，是因为招了嗜血鬼。一次兰伯春、兰仲春、兰季春三兄弟去山里削扁担，眼看天将黑还没到家，兰伯春老婆就跟两个妯娌一起，打了手电去接她们的男人。荒山野岭中，天越来越黑，路也越来越难走，三个女人开始还有说有笑，慢慢地就只剩下四野怪异的夜声；有时草丛中冷不丁钻出只兔子，一只夜鸦突然被惊飞，吓得三个女人身上湿了干，干了又湿。兰伯春老婆走最后，她总感觉身后好像有人跟着，她想回头看，可是又不敢，一路上又惊又怕的，回到家后就大病了一场。

病好后兰伯春老婆偷偷跟人说，那晚她看见路上撒了一摊一摊的血，而她的两个妯娌却什么也没看见。于是听见的人就说，兰伯春老婆怕是碰见嗜血鬼了，这种鬼常在屠宰场出现，尤其喜欢吃人血，对妇女的月经也特别感兴趣，而兰伯春老婆那几天身上正好来事。听见的人还说，嗜血鬼怕火，如果用火把去烧，嗜血鬼就会跑掉，可是兰伯春老婆那晚却什么也没有做，什么也没敢说。

兰伯春老婆就这样被鬼吸了血。她的身体变得越来越虚弱，肚子也一天天大起来，到后来索性就不见人了，有时吃饭都得兰伯春送进房去。村里的女人们每每去看她，兰伯春老婆都躲在房里不出来，女人们就替她惋惜难过：点个火把就好了！唉，点个火把就好了！

兰伯春的老婆就在大家的叹息声中，一躺就是好几个月，直到某一天，计生办的夏玲带着两个人来到兰伯春家。

夏玲跟人说得最多的就是，“婶娘，我也是没有办法的。”“婶娘，我也知道你很难。”夏玲叫所有计生对象为婶娘，她叫人婶娘的时候，一脸的无辜和无奈，好像这工作是被人拿枪逼着干似的，然后大家就替她说话，“夏玲也是没办法，都是为了工作。”

夏玲也不撵人去放环或者结扎，有时人前她催人去医院，背后她又会悄悄地说，“生完把罚款交了就行。”于是大家又说，“夏玲心地其实也蛮好的。”

这一年里，夏玲来过青河好几次。有时她是找和西，有时一来就扎进兰伯春家，跟兰伯春老婆东拉西扯；夏玲给兰继芬买过补品，也算有一些交情，因此碰到兰继芬在她妈家，夏玲就会更加活泛。每次夏玲来，兰伯春的老婆就唤回一些生气，尤其是夏玲问起兰志远时，兰伯春老婆都感觉这姑娘身上带着儿子的气味，她甚至为儿子的出走感到对不起夏玲，好像他兰伯春家欠了夏玲什么似的。

以前夏玲都是一个人来，这次却带着两个人。夏玲带着人一进兰伯春家，就把门关上了，还没听明白他们都说了什么，夏玲就又带着人走了。夏玲们离开的时候，经过村中心的晒谷坪，还跟遇着的人打招呼，好像什么事也没发生似的。

但是夏玲走后，村民却开始嘀咕，有人心说，“夏玲到底来干吗？她为什么带人来？她带来的人到底是做什么的？”又有人想，“夏玲跟兰伯春家的关系不错，难不成会给兰伯春的老婆请医生不成？”还有人怀疑，“夏玲凭什么跟兰伯春老婆好？她是做计生工作的，她跟兰伯春老婆再好，也不可能给她请医生吧！”各种各样的猜疑中，夏玲这次的到访成了一个谜。

但是这个谜底很快就揭开了。几个月后，兰伯春家里突然传出婴儿的啼哭，当哭声在村庄炸响时，大家这才恍然大悟：原来兰伯春老婆是怀了崽！

村民马上感觉受了欺骗和愚弄，怀孕就说怀孕，装神弄鬼的算什么！然后大家又说夏玲："夏玲是怎么知道兰伯春老婆怀孕的？夏玲为什么那么帮兰伯春老婆？"从夏玲帮兰伯春老婆，大家又想起夏玲的种种好来，于是兰伯春两口子瞒天过海的事，好像也是可以原谅的了：他们不瞒着骗着，你让他们怎么应付"计生办"！都是年过半百的人了，再生个孩子也是不容易的！

但是从此以后，夏玲的工作却进入一个新的艰难时刻。每次夏玲去催罚款，人家就总拿兰伯春老婆说事，就问兰伯春老婆缴了没有，兰伯春老婆缴了多少，兰伯春老婆应该缴更多才是！人家还会问，夏玲你是怎么知道兰伯春老婆怀孕的？你为什么对兰伯春老婆那么好？你跟兰伯春家什么关系啊？你是不是跟兰伯春儿子兰志远好过？你是干部，你又比兰志远大那么多，你们是怎么搞在一起的？

人们问着问着，慢慢地就有些不怀好意。夏玲不恼，也不解释，你爱缴不缴，你不缴她下回还来，直到你缴了为止。

夏玲就在这不羞不恼的时光中，慢慢地跟村庄讲和。

且说兰伯春家添了个女婴，兰伯春的女婿白庆国开始不平衡了。

这两年计生放松了不少，只要缴得起罚款，只要愿意缴罚款，只要面上不为难计生工作人员，他们睁只眼闭只眼也就让你生了。

可偏偏兰继芬第二胎就赶上最严的时候，偏偏兰继芬打胎就打成了不能下蛋的鸡；现在连自己的老丈母娘都能生第六胎，白庆国家却只能守着白青山一根独苗，白庆国那不知好歹的老婆兰继芬，却还亲姐妹似的跟仇人夏玲打得火热！

但是大面上白庆国也不好说什么，只憋着一股邪火见着白青山就骂。一天他把家里那只还在下蛋的老母鸡气哼哼地抱到丈母娘家，回到家就开始折腾兰继芬，折腾完后，白庆国收拾起一个青灰色的人造革旅行包，毫无预兆不声不响地离开了村庄，甚至都没有跟任何人交代一声。

十几岁起，白庆国就一直在外面游荡，不是在这个砖厂做泥坯，就在那个木工房做小工，甚至还在一个裁缝铺学过做衣服。白庆国做这些活也都不长，他做这些活，其实不是为了做活，而是为了找一个女人。但白庆国走得都不远，他基本都没有出过县城，一个县城的女人，已经足够他挑了，他完全用不着去得更远。

娶了兰继芬后，白庆国以为自己会安定下来，从此哪儿也不会再去，可这次离家出走，他才知道这么多年其实他的心随时都等着重新上路。

这些路是认识白庆国的，路上的每一道弯每一条河每一棵树，都可以叫出白庆国的名字，还有那些曾经认识白庆国的人，他们还跟以前一样跟白庆国打招呼，好像一点也没有生分。他们问白庆国这些年都去哪了，怎么那么多年也没见老，这次出来准备待多久。白庆国就坐下来跟他们聊，跟他们讲这几年讨老婆生孩子的事，还讲他老婆变成下不了蛋的鸡的事……讲完后大家就笑，白庆国也跟着笑，笑够了他们就把白庆国请进了屋里喝起来。

同样，白庆国也从他们那里听到很多他不知道的事，于是想，他不在的这些年，世界发生了那么大的变化。以前世界也变化，但白庆国没有人可以说，所以感受不明显，现在他有老婆孩子了，有地方有人可以说了，他才知道这些变化竟然这么大。白庆国还突然意识到，其实他并不讨厌兰继芬，他还是很想他的老婆儿子的。于是白庆国在外面做一阵活，听到些故事，就急急忙忙赶回村庄，讲给兰继芬和白青山听。

白庆国就这么来来回回地，传递着村庄和外面世界的信息，也构筑起兰继芬对未来生活越来越丰满的想象。

为了这次梦的旅行，和西做了很多的准备：比如把屋子上下洒扫一遍，以便从梦里回来时能有个干净的窝；安置好他的蚂蚁，并给它们准备足够的食物和水，安慰它们说不过是小小地出门一次；给自己洗了个澡，换上白色的衬衣，这样飞行时能够更加轻便一些。准备好这些后，和西把床头的矿石灯拧到最小，然后轻轻地闭上了眼睛……

慢慢地，和西感觉身子飞了起来，虽然飞得并不轻松，但到底也算是自由的。在村野的房屋和树林之间，每次要触及障碍物时，他用力一抻，便又避了过去……就这样，他不知道自己飞了多久，只感到离人烟越来越远，慢慢地进入到浩渺的星空。

天地万物都是冷冽的，他的身体越来越小，越来越小，在天地的尽头，他终于冻成了一只小小的虫子。

当他成为虫子的那一刻，他知道自己虽然渺小，但是却彻底地自由了，这时候一大片柔软的草坪出现在眼前，一个少年魔术师，正独自坐在个石头上玩扑克牌。

魔术师一眼便看见了他，对他说："咱们一起玩扑克牌吧。"

"可我是一只虫子啊。"和西发出细小而尖厉的声音，却不可抗拒地停在魔术师的面前。

魔术师对他招了招手："你过来一点。"他朝魔术师靠了靠，闻到了魔术师身上阳光的气味。

魔术师分别抽出了大小王，然后把牌洗了一遍，又随机盲抽了 4 张，一起垫在屁股的底下，魔术师说："这是一副没有大小王的扑克牌，另外还有 4 张被抽走的底牌。"然后把扑克牌一把撒向草坪。

这时候，一张张扑克像蘑菇一样从草坪里冒出来，有高有矮，有胖有瘦；有的头发染成金黄，有的胳膊上绣着文身；有的趾高气扬地发表演说，有的絮絮叨叨地乱发脾气，还有人拿着话筒一直不肯松手。魔术师看着这些扑克牌，咯咯地笑着说："我们就玩一局 48 张的扑克牌戏吧。"魔术师说完，揪了一片肥肥的草叶含在嘴里，兴趣盎然地看着自由生长的扑克们。

这是一副崭新的扑克牌，扑克们互不相识，但是却满怀好奇。他们友好地打着招呼："Hi，你好啊。""Hi，你吃了没有？""你的家族是做什么生意的？""你有几个女人啊？""你真有钱啊！"……他们在这种招呼声中，感到无比地欢欣鼓舞。

最开始的时候，他们决定玩一局"升级游戏"。他们挑了一张声音最高的，把他当成王，又讨论了一番"2"算不算主，然后选出几个貌似最有钱的、最有文化的，当成大主。他们不知道其实真正的大王已经被魔术师抽走了，他们也不知道除了大小王，其实还少了 4 张底牌，他们更不知道他们自己是谁，他们各自的名字，都写在他们漂亮的衣服下面。

他们把这几个“2”和那个“王”当成主，并且簇拥着这几个“主”，昂首阔步往前走去，他们乐观地认为，在前面的某个地方，一定藏着一个黄金之城。

和西悄悄藏身在一张红桃 Q 的下面，并且暗暗地跟着梅花 K。作为一只虫子，他为自己成为扑克牌的一员感到兴奋。

最初的一段路鲜花盛开，蜂蝶飞舞，扑克们三三两两，随便摆个造型，都能拍出很漂亮的照片，即使是单个出牌，也有很美的风景衬着。路过几片还未成熟的果园，他们一哄而上，把树上的青果摘了个精光，即使是很涩的果子，在他们嘴里都成了美味。

当一个小山坡出现在眼前时，大家自动凑成几组“对子”和“三拖一”，轻轻松松就翻过去了；碰到一条河流，他们用“同花顺”组了几条船，居然也阴差阳错地渡过了河。这时候有人发现这副牌好像少了点什么，是什么呢？他们也想不明白，于是他们沿路招兵买马，当他们到达一片沼泽地前，他们差不多凑够了两副牌的数量。

沼泽中开满了妖艳的花朵，茂盛的花草下面，黑色的泥水冒着气泡。“王”仍然很乐观，之前的成功经验告诉他，只要执意往前，没有什么可以阻挡。于是他再次组织同花顺和炸弹往前攻，没曾想同花顺和炸弹都放了哑炮，甚至于那被当成主的四个“2”，除了惹一身污泥外，也没有发挥出期望的作用。

乌泱泱近百张牌，被阻在这沼泽之前，看着远远近近妖娆肥美的野花，全都傻了眼——打升级就是这样吗？打了一圈又回到原地，太没意思了……

魔术师不知什么时候已经睡着了，这时候他正好从梦中醒来，他打了个呵欠说："没有大小王的牌，怎么可以打升级呢？"于是收拢了手上的牌，重新洗了几遍说："低级的玩斗地主，中级的玩德州扑克，高级的玩桥牌也行啊。"说完把扑克牌重新撒向草坪。

一张梅花 Q 终于忍不住了，她跳出来说："我们既不玩斗地主，也不玩德州扑克，我们玩拱猪吧。"正是群龙无首之际，大家纷纷附和，和西一看自己突然成了负分（拱猪所有的红桃都是负分），吓得赶紧变回一只虫子。

作为虫子的和西，央求魔术师把大小王放回去，还有那 4 张底牌。魔术师笑着说："大家都以为不需要王，其实王永远是王；大家都以为知道别人是谁，其实他们既不认识别人，也不知道自己是谁。"

"那 4 张底牌是什么？"和西问。

"黑头发的人一生都在找，黄头发的一生都等着别人来找，这些他们都不知道。"魔术师自顾自地说。

"谁是黑头发？谁是黄头发？"

"黑头发是草，他们隐在人世间，可是谁认识一根草呢？黄头发的声音都很高，他们不停地争吵，希望全世界都能听见他们。"

和西说："我还是想知道我是谁，那 4 张底牌都是谁。"

"只有草才适合做底牌。只有草才离王更近。"

他们挑了一张声音最高的，把他当成王，又讨论了一番“2”算不算主，然后选出几个貌似最有钱的、最有文化的，当成大主，然后簇拥着这几个“主”，昂首阔步往前走去。他们乐观地认为，在前面的某个地方，一定藏着一个黄金之城。

虫子和西对那魔术师说，我想念我的蚂蚁了，还有田野里的那些草。魔术师说，你不想看看底牌吗？和西巴巴地看着魔术师，他真的很想知道，但他只是一只虫子，他想其他的虫子，还有他的田野。和西张开翅膀想往回飞，这时候他感觉有人在拉他，并听到一个遥远的声音对他说："你就是其中的一张底牌，也是一张迷失的牌。"

和西用力睁开眼睛，四岁半的白青山正扯着他的裤腿哇哇地在哭。看见和西醒过来，白青山又笑了："你死了，又活了。"

5. 草们的那些事情

对一棵草，死就是活。

村庄每年都要烧一遍山。秋冬时节，选择一个天干物燥的日子，先修出一条火路，然后顺风把草点燃，火便顺着风势，一路在风里烧过去。这是一年中最激动人心的时刻，这时候整个村庄的人都出来了，他们和他们的狗全站在山下，看着火往既定的方向吹。那也是草涅槃的时刻，草们在风里舞蹈着，老的携着少的，高的携着矮的，那种惊心动魄的美，全都映在人和狗的眼睛里，还有在远处冷冷观望的猫，以及在别的山坡上吃草的牛。

在火的燎烤下，藏在草丛中的野物，只要能跑得动的，也全部蹿了出来，或是一只野兔，或是一只竹鼠，有时候甚至可能跑出一只山猪。这时候等在山下的狗们便猛扑过去，人也喊起来，狗便更加兴奋，一个村庄的山连着另一个村庄的山，一个村庄的火也变成另一个村庄的火，几个村庄的人在各自的山脚下，互相喊成一片，狗也追在一起；狗在追赶的过程中，认识了别的村庄的狗，赶山结束后的某一天，趁着人不注意就搞在了一起。

碰到山猪这样的大猎物，人也加入狗群追赶，猎物在前面跑，狗在中间追，人拿着枪在最后面吆喝，人、狗、猎物在几座山之间跑来跑去，一跑小半天，猎物累了，人也累了，狗呼哧呼哧地喘着气。这时候人趁机开枪，有时几枪都打不中，猎物却吓得腿一软往后一挫，狗就这时候扑上去，人再补枪，猎物才满怀羞愤地跌倒。

草管不了这些，草只听风的。有时候风突然改变方向，人躲闪不及，嗞的一声，头发被火舔去一缕，眉毛也被舔个精光。人喜欢头发眉毛烧焦的气味，他们觉得这气味很香，跟那些跑不动的、被烧死的小动物发出的气味一样。头发和眉毛也是草，草烧了终究是会长的，因此被舔了的人嘻嘻哈哈的，一点也不着急。

被烧的那些山，离村庄都有点距离，怎么烧也不会危及房屋和庄稼。而村庄的周边，那些长得高的茅草，则被村庄割下来引火，或者拿回家去垫猪栏，伏在地上的那些锅巴草，可以用来烧草灰。烧草灰算不上重体力活，用不着家里的主劳力，一般都是那些未长成的孩子来干。

两个孩子约着，一人占一块草坪，一边铲草一边聊天。刨草是个技术活，草不能刨得太厚，厚了点不着火，也不能刨得太薄，薄了草灰就会变少。孩子把锅巴草一块块刨起来，和泥土一起在晒在阳光下，待到干得差不多的时候，就拢成一堆，在土堆中间掏一个洞，塞一把干草，点上火，再把土堆拢上。于是村庄四处便升起袅袅的烟雾，这个山谷几柱，那个坪子几柱，草烟一起往天上长，然后融在天空之中。

烟雾偶尔也被风吹到很远的地方，那些地方烟都不熟悉，于

对一棵草，死就是生。

村庄每年都要烧一遍山，然后草又在原来死去的地方，长出新鲜的一生。新生出来的草，并不知道之前的草是怎么过的，草们义无反顾向着秋天跑去，跑向这一轮的死亡和下一轮的再生。

是就会变得越来越小越来越寂寞，村民不喜欢他们的草烟被刮到别处，所以他们都不喜欢在大风的天气里烧草灰，他们喜欢看烟柱安静地往天上长。这时候，他们就会指着那些烟柱说，这根烟是白庆堂家的，这根烟是兰喜春家的，这根烟是白庆民家的。这个时候，草就随着烟四处漫游，无处不在；这个时候，草就显得特别地壮大。

第二年，草又在原来死去的地方，长出新鲜的一生。新生出来的草，并不知道之前的草是怎么过的，草们义无反顾向着秋天跑去，跑向这一轮的死亡和下一轮的再生。

拖了两年，青河小学终于在烧草的季节被撤了，又在草芽长出来的时候，从另一个地方冒出来，去壮大山那边的红源小学。

和西仍然坚持住在青河村，住在原来的那间土坯房里。每天天刚亮，和西就早早起床做饭，然后把碗洗干净，用挎包装上备课本，从西山的小路往红源赶；黄昏的时候，人们便看见和西踩着下山的太阳，又从西山的山坳上下来。看见和西下山的时候，村庄便知道又该做晚饭了。

和西的留守，让村民有些感动，也有些惭愧，村民觉得好像欠了和西什么，见着他都不太好意思。赶牛回栏的路上，倘使遇到和西回来，就有人问：“学校没有给你配寝室吗？老这么走多辛苦。”说完才意识到好像在赶和西似的，更加不好意思起来。

这几年村庄的娃崽少了，也金贵起来，半大的小娃崽，自己翻几座山去上学，大人都不太放心。可因为有和西每天风雨无阻的往返，村民就不用组织接送，他们都对自家的娃崽说：“跟着和西老师走，不要乱跑。”于是每天早上，娃崽们看到和西上路，就从家里跑出来，有的嘴角还粘着饭粒，有的随手抓几块饼干，或者跟在和西后面，或者跑到和西的前头去，不远不近的。

和西很少跟那些小娃崽闲话，孩子们从他身边走过的时候，和西只是笑笑。去红源小学要过河，春天涨水的时候，和西会在河边等一等，或者是孩子们等着和西，然后由和西把孩子们一个个背过河去；下学的时候，和西又把他们一个个地背过来，被和西背过的孩子都说：“和西老师身上好香。”

和西留在村庄，其实只是为了等白青山长大。尽管白庆国每次从外面回来，都扬言要把白青山送到镇上去读书，可是到镇上不仅要额外增加伙食费，还得一笔租房子的钱，另外还得专人陪护，以白庆国家的情况，也只能是过过嘴瘾。和西了解白庆国的实力，所以和西一直等着白青山。

因为更多的时间扔在路上，和西空闲的时间少了很多，每天吃完晚饭，改完作业，坐在门前看会儿田野，就得上床去睡觉。仅仅几个月下来，和西发现他住着的这两间土坯房突然变矮了，不知道哪只鸟或哪阵风，不经意地衔来几棵草籽，这草籽便在教室的墙缝里发了芽，长出叶来，探头探脑的，好像在度量墙缝到地面的距离。

和西就是在这时候，留意到那些草的，并从墙头和墙缝的草，又联系到田野里的草，以及岭上和山上的那些草。和西每天都要去看看墙缝的那几棵草，他发现草也做梦，在没有风的时候，在太阳低垂的时候，草们时不时会打个瞌睡。偶尔草也会从梦里笑醒，或许它们梦到了一只叫得特别难听的青蛙，或者是一只短腿的蜻蜓，也可能是一条扁头的青蛇。

和西就想，草醒来后，会不会知道自己是在做梦呢？草总是往前看，不回头，一旦它们回头，一旦知道梦里发生的一切，其实是它们另外的一生，它们会不会觉得很没意思？

两年前，白启军从他老板的手上把米粉店盘了过来。本来白启军钱也不够，可正好他的老板出了点事，急需用钱，老板就说，你有多少给多少吧，余下的算我入股，于是白启军就从老板手上接过了米粉店。

白启军夫妇接手后，又增加了炒菜，生意非常红火，不仅把两个子女接到了县城读书，还把他的四弟白启功和五妹白启花也叫到县城去帮忙。这下子，白庆柱家已经有半拉子人在县城工作，方圆几十里的人说起青河村白家，第一个想到的就是白庆柱。白庆柱感到非常有面子，跟人说话的时候，嗓门也更大了。这年村庄换届选举，白庆柱被列入候选人名单，负责选举的干部对白庆柱说："你们家条件不错，要多支持村里的建设。"

白庆柱的名字，第一次被红纸黑字写在公告里，贴满周边的村村庄庄，白庆柱激动得好几宿睡不着觉，他觉得不能辜负镇干部的信任，可是具体又不知道该如何去做。为此白启柱特意跑了一趟县城，一见到他儿子白启军，就激动地大声说："启军，你得支持村里的建设。"

他儿子问："爸你要我怎么支持？"

白庆柱想了想说："你得让你四弟回家。你大哥虽说在村里，可是他那脾气，八竿子打不出个闷屁；你大妹已经嫁了出去，算不得数；另外两个妹虽说在村里，可都是女，也还小；你自己吧，这么多年都在县里，有跟没有一样。你想我自己的儿子都在外面，我怎么搞村里的建设？所以我只要你四弟回家。”

白启军说：“爸你这么说就不对了，什么叫有我跟没有一样？没有我，你能那么光荣吗？你能参选村长吗？”

白庆柱就说：“反正我要老四跟我回去。”

白启军说那就问启功吧，于是把正在炒菜的白启功叫了过来。白启功本来不喜欢炒菜，小时候家里的饭都是他三姐做，他自己做的饭，仅限于做熟，离“好吃”还差得远。可是来了县城后，店里打工的李小红告诉他，一个饭馆，最重要的不是老板，而是炒菜师傅，你看那边的云港海鲜城，那些来吃饭的人，都是冲着店里的大厨来的。

白启功二十大几，从没谈过恋爱，更不知道女人的好。李小红的话，让白启功大受鼓舞，一天白启功悄悄坐车去了趟市里，七拐八弯找到新华书店，专门买了本菜谱，没事的时候就照着练，见到李小红时，白启功就说：“等我的菜炒好了，咱俩也开一家餐馆。”这时候李小红就冲他狐媚地笑。

这会儿白启功进得屋来，见他爸想让他回村，一下子就炸毛了：“我要是在村里，一辈子都不讨老婆，爸你信不信，你信不信啊?！”白启功嚷嚷着威胁他爸，并用手朝厨房那边不停地舞动。顺着白启功手指舞动的方向，白庆柱看见李小红的屁股在后厨闪转腾挪，白庆柱有些泄气，但瞬即又高兴起来，也就不再提白启功回村的事了。

那一夜，父子三人商量了半宿，一致认为要当选村长，最主要的是学会拉票，其他的都不重要。

于是白庆柱回到村庄，第一件事是在他老白家一房游说，白庆柱说：“看看我家的儿子，两个都在外面了。我要让大家跟我一起富起来。”同房的人说：“大哥你放心，我们本来推举的就是你。”

白庆柱又到兰氏一脉去演讲：“我要让大家都光荣起来。”兰家的人就问：“白老大，你家的人在外面，我们怎么光荣了？”白庆柱想了半天，没想出个所以然来，然后就说：“都是一个村的，有福同享有难同当啊。”兰家人就笑了说：“白老大你放心，我们本来推举的就是你。”

白庆柱又到邻村去走动。平时没事，白庆柱很少到别的村子，因此他不得不找点借口，比如去买牛崽，去看一只交配期的猪，去买一刀莫合烟……总之白庆柱总能找到些理由。白庆柱跟人聊天的时候，就想方设法往选举村长的方向带，并且说：“我家两个儿子都在外边，我得让大家都富起来。”人家就问：“你家现在有多富了？”白庆柱想了想说：“我家启军怎么总是万元户了吧。”人家接着说：“村里修路你儿子支持了多少？”白庆柱就把他家参加集资修路的钱款一五一十报出来，大家就笑起来说：“白老大你已经老了。”

后来，白庆柱果然没有当成村长，负责选举的干部也说：“白庆柱真是老了。”白庆柱有点不服气，干部不是让他支持村里的建设吗，怎么又说自己老了呢？自己什么时候就已经老了？！

白庆国带回家的礼物，已经完全可以与白启军带回来的匹敌。

这不仅让白庆国在村庄的地位陡增，也让兰继芬非常有面子。每次白庆国给兰继芬买了新衣服，兰继芬都第一时间穿出来，找个借口全村串一遍，那时候衣服通常还没下过水，还能清晰地看见被压皱的折痕。看见的人于是就问："你家白庆国回来了？""你家白庆国又回来了？"兰继芬就一脸的自豪，大声地说话，大声地笑，仿佛白庆国亏欠她的寂寞，都在这笑声里得到了回补。

兰继芬就驾着这笑声，昂首挺胸走在村庄，每家每户走完后，才回家把新衣服叠起来，小小心心压进箱底。这样一两年下来，兰继芬的箱子里就压了好几身新衣服。

又到了收割稻谷的季节，这次白庆国不仅带了新衣服，还带回来一伙帮工。其中有个三十出头的寡妇，奶子特别大，嗓门也特别高，每次兰继芬说话，她都要把兰继芬压下去。那一年，白庆国没让兰继芬割禾，只留她在家做饭，白庆国带着一群人从田里回来，也像没看见兰继芬似的，于是兰继芬说话的声音就更高，在兰继芬说话的时候，那个女人的声音和奶子就晃得更厉害。

从此之后，兰继芬鼓胀起来的希望开始破灭，她不再穿新衣服在村里走动，人们开始问兰继芬："你家白庆国走了？""你家白庆国又走了？"人们问这话的时候，嘴角都飘着异样的笑容。

白庆国带人收完自家的谷子，被兰继芬打出了家门。冬天再回来的时候，白庆国换了一个崭新的红黑格子人造革包包。这一次白庆国没有直接回家，而是先绕到他老丈人兰伯春的屋里，把一封印着女人头像的糖果，大气地放在岳父兰伯春家的香火台上，然后向正在做饭的岳母大人，报告了一个充分体现他价值的重大消息：有人在省城见到过他的小舅子兰志远。

白庆国说，“我朋友的堂弟的侄儿，去年在省城的一家饭店打工。有一天他侄儿的工友带回来一个后生，说是也想到饭店来寻个活，一问，竟然是老乡，一问，名字叫兰志远。那个朋友的堂弟的侄儿就在信里跟家里人说了。那朋友的堂弟跟朋友聊天的时候，就跟我那朋友说了，因为我那朋友在外面见的人多，他跟我朋友打听那个兰志远是哪家的后生。我那朋友跟我喝酒的时候，也就跟我提起来，问我们村有没有一个叫兰志远的……”

白庆国一脸的得意，话没说完，这边兰伯春老婆就一把抓住了他的衣襟：“什么老乡什么朋友什么堂弟的，你快告诉我志远在哪里？他到底在哪里？”白庆国也说不清楚，他拽下他丈母娘的手，倔强地说：“我朋友没有说，可能他堂弟的侄儿信里也没说，只是提了一下。总而言之，我弟志远是有消息了。”白庆国把“我弟”两字咬得特别用力。

兰伯春老婆放开白庆国，突然放声大哭：“我的傻崽啊，你这几年都去了哪里啊！我的傻崽啊，你怎么就不给你妈写封信啊！我的傻崽啊……”兰伯春老婆一哭，摇篮里的兰小芬也哇哇地大哭起来。

晚上白庆国回家跟他老婆兰继芬说：“我在外面还是有用的吧，我在外面把你弟的消息都打听到了。”兰继芬就不说话了。

兰志远有消息了。

可兰志远到底有什么消息了：他到底在哪里？他是胖了还是瘦了？他是高了还是矮了？他都经过什么事，见过什么人？他为什么不给家里写信？他到底什么时候才会回来？

几天之后，白庆国拎着他崭新的红黑格人造革旅行包，再次英雄一样走出村庄，走在那条蜿蜒的小路上。走之前白庆国对兰伯春两口子说："我这回见到我那朋友，一定让他问问他堂弟的侄儿，今年春节他侄儿回不回来过年，志远回不回来过年。"

白庆国走后，兰伯春老婆开始喜欢去赶圩。有时她去卖点辣椒，有时去买一包盐，有时她什么都不买，就是去吃一碗米粉。而每次赶圩，兰伯春老婆就跟人说白庆国："白庆国是我郎西（女婿）。""你认识白庆国吗？他有没有来你家喝过水？""你见过他啊，白庆国都去了很多地方你知道吧。"只要碰到一个认识白庆国的人，兰伯春老婆就激动不已，仿佛白庆国的消息，就是她儿子兰志远的消息。

赶圩回到村口的时候，兰伯春老婆还总要在桂花树下站一会儿，回头看看有没有人跟来：也许白庆国就在她身后呢？也许白庆国就晚了一会儿呢？也许白庆国身后就跟着他的那个朋友呢？也许白庆国的朋友会带来什么好消息呢？

兰伯春老婆不敢直接想她儿子兰志远，她觉得直接想兰志远太远了，太奢侈了，于是她就先想白庆国，好像要想兰志远，必须经过白庆国一样。

到了晚上，兰伯春老婆又会跟女儿兰继芬说起白庆国。两个女人坐在火塘前，想象白庆国到了哪里，见了什么人，说了什么话。母女俩嘴里说着同样的话，心里想着不一样的人，说着说着，天就晏了，兰继芬领着白青山回自己的家，兰伯春老婆就把睡着的兰小芬抱进了房里。

就这样，兰伯春老婆和兰继芬一直望到了年边，又望到大年夜，甚至望过了年，一大家人盼到农历十五，不仅兰志远没有回来，连白庆国都没了消息。兰伯春这才终于火了，忍不住破口大骂：“白庆国这个畜生，在外面干了见不得人的事，拿这样的鬼话回来哄我。”

兰继芬更感觉丢人，她索性连圩都不去赶了，每天早出晚归的，见了人就把脸扭过去装成没看见。每天干完田里干地里，干完地里弄她家的两头猪，只盼着有朝一日她儿子白青山能给她长脸。

6. 黑猫洞悉一切

兰继芬一旦没看住，白青山就带着黑猫老六，在村里飞鸡斗狗，惹是生非。兰伯春老婆去薅把猪菜、解个大手，让白青山照看一下小姨娘兰小芬，没走出几步，准听到兰小芬被白青山弄得哇哇大哭。

白青山的黑猫已经十二岁了。十二岁的黑猫，自从去年被河水和河里的小鱼戏弄后，心情一直有点抑郁，终日躺在灶门口的角落里，想一些远远近近的心事。这十二年，猫的心里藏着很多的秘密，有些是人知道的，有些是人不知道的，有些是人能看的，还有一些，只有猫才能看见。

猫知道哪家的床垫下，压着一沓的票子，猫知道哪家的女人，洗澡时喜欢哼哼地叫唤，猫还知道哪家的鬼魂，半夜里会到厨房偷吃猪油。

前几天猫又看见那个黑影了，在半夜，远远的从山上下来，飘过黑黢黢的田野，闪进兰春玉家的门。狗认识这个影子，狗不叫，猫也认识这个影子，因此猫也不说。白天白青山睡午觉的时候，猫靠在白青山的肚子上，听着他不断吹着鼻涕泡，感觉特别地踏实。猫想把猫看到的事讲给白青山听，猫进到白青山的梦里，可是在梦里白青山也是一只黑猫，白青山梦里的黑猫说它叫黑桃8，猫于是跟叫黑桃8的猫说："我看见兰志玲了。"黑桃8问："兰志玲是谁？"黑桃8问这话的时候，就变回了白青山。

兰志玲出事的时候，白青山还小，还不太记事。等到白青山稍稍大些了，兰志玲已经从村庄消失。这期间也有人问过兰春玉，问过兰春玉的老婆，问过兰春玉家的老四和老五，问他们兰志玲到底是死了还是活着，可他们都不说，都把话题岔得远远的，于是大家就不问了。不问了，那疑问也不会消失，只是被别的疑问盖住了，或者放到了看不见的地方，人们翻腾东西时，偶尔会碰一下那个疑问。

前年兰春玉家的老四兰志霞认了个干爹，是一个来收罗汉果的广东人，很有钱。老四的干爹让老四拿了笔钱回来，就领着老四出去做生意了，老四只有过年才回来。碰到的时候，村里人就问老四是不是嫁给那个男人了，老四就说，那是我干爹，人家是有老婆的。可是因为老四一直跟着她干爹在外面做事，大家就当她嫁给她干爹了，这样兰春玉家就只剩下了老五兰志琼。

兰春玉家只剩下老五，按理应该招个上门女婿，可是兰春玉却不提这茬了，好像提了这事，对不起他的小女儿兰志玲似的。

年前老五兰志琼又被山外边的一个后生相中，听说那后生家里有人在外面拿工资，家境还不错。本来兰春玉不想办酒，可是亲家那边不答应，娶媳妇是一个辈子的事，哪能说不办就不办呢？于是兰春玉家只能张罗起来。

黑猫老六就在这时候看见了那个黑影。黑猫本来想把这个黑影一直藏着的，可是在兰志琼终于要出嫁时，这个黑影自己藏不住了。

第一个看见这黑影的，是兰仲春的老婆。

有一天兰仲春老婆薅完山谷里的水田里的杂草，看看时间还早，就想顺便上山寻捆干柴回家。这座山的半腰有座炭窑，一条小路一直通到炭窑前，兰仲春老婆就顺着这条小路，走几步歇几脚地往山上爬。

说是小路，其实也就一个路影子。兰仲春老婆扒着两旁的灌木，手脚并用地爬了一小半，已经出了些小汗。在一块稍微平缓的地方，兰仲春老婆站住脚，直起腰来想歇歇，就在她往高处看时，突然发现左上方的悬崖上，坐着一个穿黑衣的女人，那女人蒙着黑纱，双脚垂在崖边甩来甩去的……

兰仲春老婆以为自己眼花了，她揉了揉眼睛：没错，那就是一个女人！她打着麻花辫，穿着绣花鞋，鞋面上的那朵牡丹花，跟镇上商店里卖的一模一样！兰仲春老婆害怕了，她心里一急，滑坐在一块山石上，额头撞到突出来的石头，等她爬起来时，已经有小股的血渗了出来。

捂着头上的伤口，兰仲春老婆跌跌撞撞往山下跑，连头都不敢回，屁滚尿流一气跑回了村庄，一进村口就大声嚷嚷，“看见鬼了！”“看见鬼了！”“今天真是看见鬼了！”

大白天里哪来的鬼！可看这女人气急败坏的，大家就问她鬼长什么样子，兰仲春老婆就说：“是黑的，黑色的。”大家再问，兰仲春老婆就把头上的伤口亮给人看："你看你看，我就是看见鬼，才摔成这样的。"

兰仲春老婆的话，大家都不信，连她儿子兰志和都不信。但兰仲春老婆没完没了的，说得多了，兰志和就有些疑惑，去谷里干活的时候，特意到崖壁上察看了一下，回来就对他妈说："那块石头突出来一块，还真像人的样子。"自此兰仲春老婆就不说话了，可是她心里始终不服。

不久之后，又有人在另一座山上看见了那个黑影，同样穿着黑衣，同样蒙着面孔，同样一被发现就不见了。于是村庄就开始嘀咕，只有冤死鬼才会显形——这个显形的鬼，是前年赶圩被车轧死的白老二的妈？还是白庆堂家吊死的白庆堂他爸？可是看见的人说，那个黑影是个女鬼，看上去很年轻，应该不是白老二的妈，也不是白庆堂他爸。那这个鬼是谁呢？这时大家就想到了兰志玲。

兰志玲出事后，被送到市医院去救治，后来就再也没了消息。大家就想，兰志玲被烧得那么惨，肯定是尸首回不来有怨气，趁着她五姐兰志琼办嫁妆，变成鬼回来吓人。

这些话大家只在背地里说，没有人说给兰春玉，但是兰春玉还是知道了。于是兰春玉的脸就变得有点阴沉，也不跟村里人说话，没事就往南山那块新修出来的台地跑，给罗汉果上肥、点花，有时候直接就在地里的厂棚过夜。有人到过兰春玉的这个厂棚，据说这应该是村庄搭得最漂亮的厂棚，不仅结实，床铺被子等一应生活用品，归置得整整齐齐干干净净的，见过的人曾笑话兰春玉要在这儿讨老婆过日子，兰春玉就淡淡地说："人不就图个舒坦嘛。”

兰志琼举办婚事那天，兰春玉脸上终于又有了笑容。男方家里有钱，婚礼办得风风光光的，还从机耕路上开进来一辆拖拉机。那次送亲的人是坐着拖拉机走的，鞭炮声中，姑娘媳妇们挤在车斗里，媳妇们叽叽喳喳地笑着，姑娘们大惊小怪地尖叫，关于兰志玲鬼影的事，被喜庆的气氛冲得一干二净。

兰志琼出嫁后，村里再没人见过那个黑影，大家便猜测：兰志玲看到姐姐出嫁，魂魄不安，所以出来闹事；既然姐姐已经走了，她自然就消停了。村庄要做的事太多，久而久之，大家就把这事放一边了，只在某家小孩哭闹的时候，大人会悄悄地拿这事吓唬小孩。

白青山的黑猫洞悉了一切，但是它不说。

有一阵，白青山时常被人笑话，见到白青山的人就说：“你爸呢？你爸白庆国呢？”“你爸在外面给你找了个新妈了。”“你爸给在外面给你生了个小妹了。”说的人一脸得意，还故意拨一下白青山鼓鼓的腮帮，白青山很愤怒，顺手抓个东西就朝那人砸去。

白青山口袋里总装着一个陀螺，这是村庄最好看的陀螺，这是和西给他做的陀螺，陀螺上半部刷了红漆，下半部刷了绿漆，转起来的时候，像蝴蝶一样好看。白青山把东西扔出去的时候，才意识到他扔出去的是陀螺，于是心疼地捡起来，擦干净，小心地收进口袋里。趁着那人不注意，白青山又捡起地上的石头或瓦片，用全身力气扔出去——白青山收拾陀螺的时候，这人恰好放松了警惕，于是被白青山的石头或瓦片终于砸中，白青山这才得意地笑了。

这时候，旁边的黑猫就会走过去，踢踢白青山扔出去的石头或瓦片，回头看看白青山，又踢两脚，于是领着白青山做钱去了。

黑猫前两天做了个梦，梦里黑桃 8 告诉它，可以用瓦片来做老钱。黑桃 8 说，把瓦片磨成老钱的大小，装到一个玻璃瓶里，埋到一个没人知道的地方，很多很多年后，那瓦片就可以变成钱。猫醒来后，就把这事告诉了白青山，于是白青山架起他家的那把长梯，爬上房顶拆下几大块瓦，和猫一起在河边敲了一整天，敲出一大堆铜钱大小的瓦片，然后再把瓦片放到河石上磨得薄薄的。做完这一切，白青山返回家里，把他妈腌的一大罐辣椒倒进地沟，把空罐子拿到青河里刷干净，装上他用心打磨出的瓦片，悄悄埋到了他家屋后的一棵大樟树下。

兰继芬在地里累了一整天，傍晚回到家里，刚进院门就闻到一股香喷喷的腌辣椒味，循着香味找过去，发现地沟里红彤彤的一大片，兰继芬吓了一大跳，好不容易弄清是怎么回事，气得一把抓起墙角的赶鸡棍，举起来就朝白青山抡。白青山在他妈腿缝里来回躲闪，眼看躲不过了，便气喘吁吁地说："妈，你别打我，我要做钱来养你。"兰继芬举起的手停在半空，眼泪哗哗地就流了下来。

晚上熄灯睡觉，兰继芬又发现屋顶亮了一块，星星在亮的那一块不停地眨巴着眼睛，兰继芬终于忍不住放声痛哭起来，这时候白青山就搂着他妈，继续安慰说："妈，我要把我爸杀了，给你报仇。"兰继芬搂着白青山，哭得更响亮了。

这时候，黑猫老六正在灶塘边酣睡，猫的鼻子轻轻地翕动着。

一只长脚蚊子飞过来，在猫的眼皮处停了一下，动嘴想叮下去，可是猫的毛毛有点厚，蚊子叮不到肉，想了想飞走了。猫翻了个身，又睡去了。

猫在梦里又梦到了黑桃8。

上国的瑰厅。人世间的故事，正投射到穹顶般的巨幕上。

“人类活得真是认真呢，如果他们知道他们用力过着的人生，不过是我们一个个的梦，他们会怎样？”方块Q扯着黑桃K的衣袖，娇滴滴地说。

“我们的生活，也许也是其他事物的梦。”旁边的红桃A终于忍不住发话。红桃A个子高挑，白白净净，尽管不爱说话，可是不管往哪儿一站，都很快被显出来。

红桃A看不惯方块Q，已经不是一天两天，尤其是方块Q的声音，每次都让红桃A起鸡皮疙瘩。但红桃A天性善良，她刚轻轻呛了一下方块Q，就羞愧得满脸通红，于是补充说：“也许有一个机关控制着这些梦，机关打开，我们展开自己的生活；机关锁死，我们就成为别人手上的扑克牌。”

“可是谁掌握着这个机关呢？”方块Q傻傻地问。

“如果我们知道，我们就不会在这里了。”黑桃K握着方块Q的手说。

“那我们在哪里呢？”方块Q继续问。

“在虚无中。”黑桃K说，“你看我们站着的地方，一定也有人站过，我们说的话，也有人同样说过。可是时间把这一切都抹去了，看不见了，我们就以为不存在了。有一天，我们一定也会同样地被时间抹去。”

“我不想被抹去。”方块 Q 娇滴滴钻进黑桃 K 的怀里。方块 Q 嗲出水的声音，挠得红桃 A 头皮发麻，她在心里祈祷：“让我消失吧。”

正在这时，幽闭之门打开，魔术师拿着一副扑克牌走了出来。

魔术师说：“这一次是红桃 A。”

7. 碾房里的秘密往事

夏玲蹲坐在碾房前的石头上，太阳从东边照过来，把她的影子和碾房的影子叠在一起，她搞不清是她的影子在碾房的上面，还是碾房的影子在她的上面。

碾房和夏玲一样，默默地蹲在红源的小河边。碾房蹲在这里已经好些年头了，它刚建在河边的时候，这个世界还没有夏玲，路也还没有修到河边来；那时候人们来碾米，都拣最近的田埂走，他们挑着稻谷或玉米，远远地看着碾房走过来，走的人多了，就把田埂走成了路；后来为了方便大家到碾房碾米，大队部特意沿着河边修了条路，一部分想抄近路的仍走旧路，那些不急着赶路的，喜欢看河水流动的，都宁愿拐到碾房前的新路上来。

曾几何时，碾房成为田野上最醒目的标志，方圆大小村庄的村民，无论赶圩还是走亲访友，路过碾房的时候，都喜欢探头进来看看。他们看着石碾一圈圈从稻米上碾过，听着水车永不停歇的咿咿呀呀的声音，在石碾和水车的声音里，他们大声地跟人说话，这样就总觉着日子是充实丰厚的。

这些年有了打米机，灰不溜的一坨铁疙瘩，接上电就轰隆隆地响起来，整个村庄都能听得见，这时候就会有人说，那谁谁谁家又打米了。打米的人把稻谷倒进打米机顶端的漏斗，不一会儿，白花花的米粒就从下边的出口往外流，直接流进候着的米筐里，省去了风车筛米的麻烦。虽然大家都说石碾打的米更新鲜，更加好吃，可大家还是更愿意用省事的打米机，除非顺路，不会再有人把谷子大老远挑到碾房来。

慢慢地，碾米的人越来越少，来碾房的人也越来越少，人们脚步匆匆的，日子突然变得快起来，碾房和守碾人也被时间遗忘，甚至都没人注意到守碾人何时离开，那空转着的水车，在何时突然停下便不再转动……这样，人们又走回到便捷的老路上，并把老路重新走成新路。他们走在刚刚成为新路的老路上，隔着几块水田看着河边矮顿下去的碾房，都有点恍若隔世的感慨。

这两年，夏玲只要有机会进山，就会绕到红源这边，绕到河边的碾房前，无所事事地坐坐。有时夏玲也走进去，掸一掸石碾上的灰尘，摸一摸水车发黑的椽头，这时候，她便又看见那个青涩的少年暴怒地看着她，凶狠地进入她身体的样子。

夏玲年龄已经不小了。多年以来，夏玲一直都以为自己应该嫁一个县城或市里的干部，至少职位比她高，官比她大，也比她更有钱。这几年夏玲也处过几个对象，可是她也不知道为什么，她处得越多，那个少年的形象就越清晰。

其实最开始被那个少年强入时，夏玲是恨他的，她甚至去派出所报了案，可是刚从派出所出来，她就后悔了。她摸着身上那根被压青的骨头，她想起了少年进入她时那咬牙切齿的声音，少年说：“我恨你！”

她还想起少年进入她时，脸上的怒气瞬间转化成惶恐和羞愧；少年出来的时候哭了，他的眼泪一颗一颗，滴在夏玲的奶子上……那时候夏玲已经不再挣扎，她甚至潜意识里有了迎合那少年的意思，可是她的羞耻心让她必须惩罚那个少年，于是她走进了派出所。

可是刚从派出所报案出来，夏玲突然就不想惩罚他了，她想起那孩子的声音和眼泪，这让夏玲难过，夏玲不想惩罚他了。于是夏玲返回派出所，又自己申请撤销了案子。

但是夏玲被强暴的事还是传了出来，并且很快传遍了小镇和村庄。一开始夏玲还有些难堪，并为此申请去市里学习了半年，可这半年里，夏玲在无数个黑夜醒来，都会闻到少年身上那青果的香味，夏玲突然发现她竟然喜欢这种气味，喜欢被少年冲撞的感觉，于是不知不觉间，夏玲一次次回到红源，回到河边这个第一次被少年占据的碾房。

兰志远一走已经五年了，他是死了还是活着，没有人知道。

夏玲只记得当年兰志远看她的眼神，夏玲知道兰志远恨她，但是兰志远也爱她。夏玲只是喜欢兰志远身上的气味，夏玲后来找的男人，他们身上不是汗味，就是馊味，像计生工作一样，让夏玲感到厌烦。夏玲早就不喜欢她的工作，但毕竟是因为这份工作，夏玲才认识兰志远的，于是夏玲变本加厉地工作，好像她只有拼命工作，才可以重新闻到那种气味似的。

同样，夏玲每次坐在碾房前，就仿佛看见了兰志远。有时夏玲看见兰志远在城市的一条马路边，有时在一栋高楼前，人和车从他的身边过去，兰志远茫然地站在那里，像木偶一样一动不动。夏玲每次看见的兰志远都很小，小得让夏玲心疼，夏玲就想兰志远一定在世界的哪个角落，在哪个睡不着的黑夜，也同时想念着夏玲的肌肤和气味，还有夏玲许许多多的好。夏玲甚至在心里不顾羞耻地想：我其实还有许多的好。

夏玲坐在她自己和碾房的影子里，看着眼前这条她走了无数遍的路。这条路一头连着圩镇，一头连着行政村所有的村庄，也连着两座山后的青河村。但是青河人不常走这条路，他们到镇上赶圩，有另外一条更近的路。因此几年来夏玲始终想不明白，当年兰志远为什么出现在这条路上，出现在这个荒废的碾房前。

离碾房两三公里远，是行政村办事处，那里有村公所、卫生院、红源小学，还有一个小卖部。镇上来的中巴车，只能到达小卖部门前的空地，再往里就无法走了。中巴车在这里把十几个人吐出来，扔在小卖部前，掉头就往回开，扔下的人分散向广袤的田野和村舍，很快便消失不见。兰志远如果回来，会不会也坐中巴到这里，然后才步行回青河去？

夏玲一会儿看看路的东头，一会儿看看路的西头。看向东头，是希望兰志远像当年那样从东边的小路过来，看向西头的时候，又指望那些从车上下来的人里，能有那个熟悉而陌生的少年。夏玲就这么反复看着，看到后来，连她自己都不知道她要等待什么了。

夏玲在碾房前坐了好久，前后有几个人从大路上经过，他们看一眼这边的夏玲，甚至都没有谁跟她搭话。这两年路上走的人少了，不管是经过碾房，还是走在那条老路上的人，都匆匆忙忙的，好像赶着去某个地方投胎；他们看见夏玲，也不像以前那么热情了，好像夏玲成了空气，成了这里的一块石头，他们已经见怪不怪。

夏玲不喜欢这种感觉，她已经想好要走了。夏玲在县里有了新的工作，以后她不再到这片山野来了，在这里她是荒凉的，不管是她的身体还是她的心。这里的人不需要她，村庄和田野不需要她，她在这里是多余的，甚至是让人讨厌的。即使她全身涨满春水，袒露在这片山野之中，也没有人愿意走到她的心里，哪怕到她这里来撒个野。

那个少年是她碰到的唯一。

夏玲站起来，她的影子已经到了她的脚下，她有些饿了。她拍拍屁股，准备到小卖部买包饼干填补一下，夏玲已经往出走了十几步，然而鬼使神差她又停了下来。这是最后一次了，最后一次，她怎么没有进碾房看看呢？夏玲想。于是她把已经走出去的影子又追了回来。

夏玲就在这里看见了兰志远。

——兰志远躺在光溜溜的石碾旁，身下垫着一张报纸，他的身体跟那破败的石碾和水车一样，落满了灰尘，好像这几年里他一直躺在这里似的——他一动不动地躺在这里，他的面孔和身体都在生长，并且长得跟以前已经有很多不同，尽管这样，夏玲还是一眼就认出了他。夏玲把手探到兰志远的鼻子前，她发现兰志远居然是活的，于是夏玲俯身吹了吹地上的土，在兰志远身边坐了下来。

夏玲又闻到了那种青果的气味。

黑桃Q问：你还记得青苔吗？

梅花4说：唔。

黑桃Q问：你还记得水仙花吗？

梅花4说：我记得蒲葵、水草，那水草，像头发一样。

黑桃Q不说话了。

离开村庄五年的兰志远，好像从另一个世界穿越回来。他已经长成了壮实的后生，他穿着时髦的衣裤，还留了一小撮胡须，头发像野草一样，长长的盖过了耳朵。他兴奋地跟所有动物和植物打招呼，好像他压根就没离开过村庄，好像昨天才跟人见过似的。

五年后回来的兰志远，新奇地看着他的小妹兰小芬，他发现村庄有了很大的变化。兰志远首先发现的是村庄变小了，然后是村庄的房屋变小了，他站在山口，看着山下低矮的房子，对身边的夏玲说："这破地方。"

兰志远还发现村庄的路变破了。自从兰季春的大儿子兰志青买了拖拉机，整个村庄的路就变宽了，也变烂了，原来路面上的石头都糊上一层黄泥，石头缝里满是泥浆，下雨的时候，不穿雨鞋都出不了门。兰志远就骂："这破路。"

村庄的田野里，也不像以前那样稻浪翻滚了。干旱的、石头多的、有些瘦的稻田，已经闲置了不少，其间长满蒿草、车前草、野韭菜、白刺苋和苦菜花；村庄附近的一些水田，已经不再种植稻谷，而是沥干了水，种上了辣椒豆角和其他蔬菜，稍远一些的，不少都改成了罗汉果或柑橘园。兰志远对这些变化很不满，他嘟囔说："这破田。"

兰志远还发现村庄的人少了，他不知道是老的死了，还是小的没有出生，或者年轻的都出去了，兰志远在村中心的晒谷坪站了半天，也见不到几个人，只有蜻蜓在坪子边的草叶间飞来飞去的，兰志远就说："这破村子。"

兰志远最不满的，是他一回来就听他爸兰伯春说要把黑牯牛卖了。自从兰志青买了拖拉机，村里犁田耙田就全部包给了机器，村里的牛也用不上了，年青的牛被卖到更深的山里，老迈的牛，就只等着被宰杀。兰伯春还留着黑牯牛，只是因为这牛有一股蛮力，曾经是全村最好的牯牛，兰伯春还有点舍不得。兰志远在坡上看见那头黑牯牛时，黑牯牛也看见了兰志远，兰志远对黑牯牛说："我不会让他们卖了你。"

兰志远带着陈旧而新鲜的气味，视察了整个村庄，整个村庄的人和牲口，田地和庄稼。他爸兰伯春在他身后骂骂咧咧，他妈又哭又笑，他姐不断追问这几年他去了哪儿，兰志远始终充耳不闻，后来实在问得急了，他终于说："城市嘛，就那样！"一副高深莫测的样子。

晚上兰志远视察到了和西的小屋，当他走进那废弃的学校时，那土坯的房子矮得简直让他无法站立，他伸出手就够到了房梁，话一出口就被反弹回来，他站在那低矮的屋中间，对身边的和西说："这破房子。"

那一夜，兰志远和和西又视察了村庄的夜晚。他们拿着手电，再次走进了阡陌交错的田野。本来和西是不需要手电的，可是兰志远需要，于是他们就各自带了一只手电。

他们不谈城市，只细碎地探讨着粮食和庄稼，鸟叫和虫鸣，他们走到一个地方，那个地方的虫便不叫了，萤火虫也飞得老远，和西就说："这是新的一拨虫，它们不认识你了。"以前他们仅凭声音就可以摸到可供全家人吃的老蚂拐，可这次他们就是用手电照住了青蛙的眼睛，那蛙还是跳走了，和西就说："这些蛙已经不信人。"

兰志远和和西走完了整个田野，他们走走停停，漫无目的。他们的手电光，在田野间闪闪烁烁，毫无规则，一些不知道的人，还以为村庄又混进了新的鬼魂。

兰志远和夏玲闪电般在一起了。兰志远比夏玲小五岁，他们走在一起的时候，看上去并不怎么般配，但他们不管这些，他们如饥似渴地做爱，在山坡上，在树林里，在小溪边，在河水里，在太阳下，在大雨中……好像整个世界都欠他们似的。那段时间，整个村庄都飘荡着兰志远和夏玲的淫荡气息。

兰志远和夏玲又闪电般地分手了。关于他们分手的原因，有的说是女高男低，夏玲是干部，兰志远是打工仔，老兰家怎么配得上；有的说兰志远见的世面更大，是夏玲配不上兰志远，夏玲足足大了兰志远五岁，这不符合山里人的习俗；还有人说俩人到底有仇，五年前兰志远强奸了夏玲，现在他们虽然在一起，但那仇恨始终还在；更有人说，他们即使结婚也终究要离的，因为他们根本就命里八字不合。

兰志远和夏玲都没有出来解释。兰志远在家里住了两个月，提起旅行包再次走了；兰志远走的同时，夏玲也去县城的新单位报了到。

兰志远临走之前，找和西和白青山玩了一次扑克牌。那天他们玩的是炸金花，这是兰志远在城市学到的新玩法，兰志远说："城里人喜欢玩这个。"玩牌的时候，兰志远眼睛始终看着明灭的田野，他提到了兰志玲、兰志琼、兰志霞、白启功、白启花、兰志刚、兰志青、兰志和，还有他的小妹妹兰小芬，以及村里曾经跟他一起玩大的其他娃仔和妹仔，兰志远说这些名字的时候，口气有些愤愤不平，好像这些人只是他手上糟糕的扑克牌。

和西一晚上都很平静。他平静地跟兰志远说话，平静地回答白青山的问题，平静地看着手上的扑克牌，平静地"焖"，平静地"跟"，平静地"砸"，因此他的牌势跟他一样都很平静。

只有白青山特别兴奋。兰继芬有几次都对白青山说，兰志远在外面肯定挣了钱，兰志远的钱肯定都攒着讨老婆。白青山心想兰志远到底挣了多少钱呢，如果白青山能把舅舅的钱赢一点点过来，开学时就可以买一双新球鞋了。

村庄没人玩过"炸金花"，白青山学了半天不得要领，因此一直闹着玩"十三点"，于是三人玩了十几把"炸金花"，就改"十三点"了。

玩到夜深，白青山果然赢了兰志远四块多钱。白青山高兴地点着票子，问他舅舅还有多少钱，兰志远腼腆地笑笑，又变回了五年前那个害羞的少年。兰志远像一个舅舅似的对白青山说："再给你五块。”然后从口袋里掏出另一张有些旧的票子，放到白青山那一堆零钱里。白青山呵呵直笑，他想舅舅果然有钱，舅舅果然大方。

据说兰志远踩着露水离开村庄之前，特意交代了他爸他妈：“不要卖黑牯牛，也不要杀它。”兰志远说完，把身上的200元钱掏出来放到香火台上，这是他这五年在外面攒下的所有的钱。

兰志远走到岭坡上的时候，他家的黑牯牛已经等在了那里。为了能够一早守在这里，黑牯牛一夜没有回村，它的眼里藏着整个夜晚的黑，还有村庄几十年的大事小情。黑牯牛现在老了，也没什么用了，可能已经活不了多少年，它不知道还能不能等到兰志远下次回来，也不知道还能不能再看见兰志远。

黑牯牛看着兰志远，眼泪汪汪的，它想说点什么，可是什么也说不出来。兰志远抱着牛脖子再一次哭了，兰志远对黑牯牛说：“其实这几年我过得不好，我也没有去找过我大姐。”“我在一个黑屋子里被囚了三年，警察把我救出来后，我在一个洗发店当小工，挣的钱只够吃饭。好不容易攒足了路费，又赶上运气好，路上帮人扛货，搭了个免费的货车，才把路费省了下来给我爸妈。”兰志远又说：“现在我跟师傅学到了手艺，我想自己开一个发廊，开一个世界上最好的发廊。”兰志远最后拍了拍牛的脖子：“我跟我爸妈说了，他们不会卖你，也不会杀你。”兰志远说完走了，一路上都梗着脖子没有回头。

8. 翻过山天就黑了

1996年的大年夜，白庆国是在外面过的。

这大半年里，白庆国一直都在邻乡的修路队做饭。他本来是要赶回来过年的，票都买好了，临上车前却被修路队队长拉住了，队长说："老白啊，你走了队里的人吃什么？"于是白庆国就留下来了。白庆国说队里包吃住，每天都有鱼有肉，还随便吃，找一份这样的活不容易，所以就留在了修路队里。

白庆国过了正月十五才回的青河村。大家都传白庆国在外面找了别的女人，白庆国就把他们队长留他的话跟人说："整个修路队，只有我会做扣肉和粉蒸肉，我要是回来了他们年都过不了，我怎么能那么不仁义，我怎么能让那么多人过不了年呢！"白庆国说得有鼻子有眼，白庆国还把250元崭新的人民币一张张点给兰继芬，其中两张一百的，一张五十的，白庆国得意地说："你弟在外面五年，也就攒了200元钱。"白庆国接着说："我说过在外面帮你找你弟，你看他不是回来了？"

白庆国哄完他老婆，又拿了一挂腊野猪肉去了他岳父家，另外还给小姨子兰小芬带了个城里小孩才玩的电动小公主。白庆国一进兰伯春的门，就把腊肉高高举起来给兰伯春看，看完才放到香火上台，然后忙不迭地给岳父递过滤嘴香烟，同时开始诉说自己在外面如何被重视、如何走不开的种种关节。

对白庆国，兰伯春是有气的，但白庆国的腊野猪肉，很快让兰伯春脸色松动下来，他没有接白庆国的过滤嘴，没好气地教训说："你这是发财了啊。都说在家有父母，出门靠朋友，在外面做事虽不容易，不过你也不能说走就走，把继芬和青山娘俩丢下不管。"白庆国不停地"是是是"，继续把烟擎得老高，兰伯春这才接过女婿的香烟，上上下下仔细观察了一遍，小心翼翼地夹在耳朵背，然后缓过语气，漫不经心地说："志远回来的时候，也给我买了过滤嘴，两包呢，还放在灶头上。"然后又不好意思地追问了一句："这烟很贵吧？"算是跟白庆国彻底和解。

"不贵，才三块八一包。"白庆国把三块八咬得很亮响。兰伯春不说话了。镇上吃碗米粉三毛钱，前天他带白青山去赶圩，买了双白球鞋才六块五，还配带白鞋粉。

白青山买白球鞋的钱，是从兰志远那里赢的。白庆国一回来，就看见儿子脚上的那双新鞋，白庆国虽然高兴却又有些不服，当场把一张十元的票子甩给白青山，豪气地对白青山说："儿子，你爸有钱了，咱不能让人瞧不起。"兰继芬在旁边嘟囔："你给他那么大的钱干吗？他哪有地方要花钱！"白庆国训斥他老婆："你女人家懂什么！"

这些年里，白庆国虽然名声不太好，但他这次满载而归，也算雪了前耻。他像成功人士般走在村庄，有男人便凑上去问："白庆国，你怎么能挣那么多，能不能把我家的某某也带出去？”白庆国的老婆兰继芬也重新扬眉吐气，有女人便开始敲边鼓：“你家白庆国在外面都打什么工？能不能给我家某某介绍一下。”

白庆国便更加得意。他生动地跟村民讲述他的朋友多么多，多有钱，他在外面多受重视，他做的事情多有影响，然后拍着胸脯信誓旦旦地说，有机会一定带着村民挣大钱。然而白庆国这边话音未落，那边在一个下雨的黄昏，在全村民都埋头吃饭的时候，白庆国却不动声色、悄悄摸摸地又走了。

很多时候，白青山甚至想不起他爸的样子，每次白庆国回来，每次白庆国跟人说话，白青山就躲在角落里看他，像看一个新奇的陌生人。一次白青山对和西说：“有的时候我看我爸，不像是我爸。”白青山说：“我侧着看的时候，他的腮帮松松的，脸上有几块斑；我从后面看，只看见他的背，我就想他转过身会不会是别人；我从上往下看，我发现他很矮，他头顶还有很多白头发。我发现他不像我爸了，他可能是另外的人，我不认识的人。”

白青山说白庆国的时候，和西就总是听着，总是不评论，有时也故意把话题岔开，比如他会突然问一句：“你知道山那边是什么吗？”白青山没反应过来，和西便自言自语地说：“山那边其实还是山。”白青山就问：“那，山后面的山的那边呢？”和西说：“仍然是山。”白青山嘻嘻笑了，和西也笑了，白青山终于忍不住说：“你说我爸是不是真在外面有女人？”和西就说：“不知道。”

虽然学校已经把小礼堂东头的一个房间分给和西，但和西仍然坚持住在青河村，乐此不疲地两头跑。青河小学的房子虽然已经颓败，但只要和西在，就至少还有一点活气，如果和西走了，这房子就可能被拆掉，或者自己倒掉。和西不愿意一个原来有的东西，突然变得没了，这两年很多东西都变没了，和西想把这房子留得久点。

白青山上学后，和西有了伴，上学路上的内容就丰富起来。有时他们不吃早饭，带上一把米，路上砍根竹子就可以烤出喷香的竹筒饭；有时白青山偷一把他妈的油渣，路边摘几片哪家的生菜叶，河里洗了，把油渣和米饭包在菜叶里吃；有时白青山捉一串蚂蚱，再挖几棵野百合配着，第二天山野里便飘着别样的烤虫香。有时和西也会带一些东西，比如一包饼干、一袋糖果，这些都是和西托人到镇上买的，和西还偶尔买一些糯米粑粑在路上烤，糯米粑粑本来过年时才打，可是和西从来不过年，所以他想什么时候吃，就什么时候吃。

有了白青山后，村民就摸不准和西去学校的时间了，他们不得不组织起来，轮流送孩子去上学，为此他们都有些意见，也来找和西商量过。和西只是笑笑，第二天该怎样还是怎样，于是村民又都同时对白青山和白青山的妈兰继芬有了些小意见。

和西不在乎村庄的意见，白青山更无所谓。和西有一块表，这块表调得特别准，他们时常一大早就离开青河村，到学校的时候，离上课就剩十几分钟。这一路上，谁也不知道他们去了哪儿、都干了些什么，但是他们从来不迟到，也决不早到。

红源小学五个年级五个班，加上校长共有四名老师，和西被分配教三到五年级的语文，同时兼全校的美术课。

语文课本很简单，和西只看一眼，就能讲得比课本写的更好。美术课就更随意了，拿几个果子放到课桌上，学生爱怎么画就怎么画；有时候和西也把学生带到野外，和西对学生说："你们看到什么就画什么。"有学生就说："我看到的很好看，可画出来却不好看了。"和西就说："你看到了，可是心里没有，所以就画不出来。"学生迷惑地看着和西，和西却躺到一边晒太阳去了。等到学生再把画拿过来给和西看，和西就说好，和西夸奖说："每个人画的都是独一无二的。"

一开始学生本来是喜欢和西的，可是校长对和西一直不太放心，于是家长们对和西也有点不放心了，这不放心，就影响到了学生，学生对和西也不敢太喜欢了。好在校长也挑不出和西什么毛病，和西就一直按自己的方式这么过着。

学校坐落在红源河边，河岸的空地就是学校的操场。一次学校开运动会，请了个人来拍照，运动会拍完，又拍老师和学生的生活照。面对着空空的操场，照相师傅不断转着身子找机位，但无论怎么转，校长始终都不满意。和西走过来看了看，回办公室搬了两把椅子，按到操场中央，又端来一个茶几，茶几上放一个地球仪，老师和学生往椅子上一坐，身份和背景都有了，校长这才点了头。

照片洗出来的时候，大家都说："比照相馆拍的还气派。"校长的学生来找校长，校长就分别送一张自己的照片，那些学生就说："很有些后现代的感觉。"

后来那个照相的来找和西合作开照相点，和西既不答应，也没有拒绝。但是和西却自己去买了显影水，把办公室当作暗房，没事就帮着冲洗一下照片，收钱的时候，都由校长出面，自此校长见人就说："和西的教学水平还是很高的。"

一个在省城工作的学生，把校长的照片拿去参加摄影大赛，标题是"胸有山河"。参赛的评委看了，都说好，这事辗转传到和西耳里，和西只是笑笑，什么也没有说。

和西说山那边是山，白青山不信，很多人都不信，他们总以为山那边肯定有更美的风景：或者是波澜壮阔的大海，或者是五彩缤纷的大世界。他们满怀热情、信心十足要去看大世界，真正到了山的那边，才发现还不如山的这一边。这时候，有的人还不服气，有的人继续往前走，有的人还能回来，有的人倒在回来的路上，有的人，已经找不到回来的方向。

和西不喜欢山，不是因为山不好，而是因为山太坚硬。山上的每一块石头都不相同，每一块石头都暗藏危机；山上的植物，总在悬崖和缝隙中生存，它们投下的阴影，也隐藏着无法预测的危险；山上的动物，他们把家安置在石头和植物的夹缝中，那些深不可测的洞穴，让人永远难窥万一。

和西不喜欢层次复杂的事物，他喜欢平面铺展开的田野，喜欢突出在庄稼之上的鸟叫虫鸣，喜欢铺开在大地上的黑夜，喜欢他宿舍门前的那些蚂蚁……这些事物都是柔软而和善的，它们时常让和西停下脚步，在心里笑一下，然后才继续赶路。

实际上和西也不喜欢赶路，他不喜欢走在光阴的前面，匆匆忙忙从一个地方，到另外一个地方；他喜欢走到哪里，就是哪里，他和白青山一起，把每天来回学校的这段路，折断成几截，这样他就可以跟光阴并排走着，不紧不慢的。

有人说，如果不想走路，为什么不搬到红源小学去?

有人说，红源那边多好啊，人也多，还有小卖部，到镇上还能坐中巴车。

还有人说，青河村跟和西已经没有什么关系，他为什么不走呢?

村民正在小声嘀咕的时候，和西却毫无预兆地搬走了。

和西住着的青河小学那块地，原来是黄老培家的。黄老培是外来户，当年土改的时候，政府把他那一族人打散到各个村庄，黄老培就被分到了青河村。政府把地主的几间房子分了他，又分给他一些田地，而学校的那两间教室，就在分给他家的地面上。

合作社的时候，黄老培的地归了集体，分田到户时，本该把原来的地划回来，却因为有学校驻着，村里另外补了他一块相同大小的地。前几年学校撤销，黄老培有意把地收回，可因为和西执意留在青河，并因此得到了全村民的拥戴，黄老培一时也不好说什么，再加上他家的田地也种不过来，也就不了了之。这两年村里有了拖拉机，生产效率大大提高，那些做得多的，还把一些抛荒的田地租了来种，黄老培也就动了心思。

第一个提醒黄老培的，是白庆民的老婆。白庆民老婆的娘家离镇上近，田地也少，既没有多余的山坡，更没有可供开垦的荒地，因此那些喜欢折腾的人，不是去南边打工，就是进山来收山货。一次白庆民老婆的两个亲戚指着南山脚下的学校，打听那两间房子是干什么的，白庆民老婆就说原来是学校，这两年不用了，然后她又补充了一句："不过老师还住在那儿。"她的亲戚就说："要不把收购的柑橘存在那里。"白庆民老婆就去问了和西。

收柑橘的人最终也没用那间教室，他们用拖拉机拉了几个来回，当天就从机耕路上把柑橘全运走了。不过他们的话不知怎么却传到了黄老培那里，黄老培就有些不太高兴："这地明明是我家的，怎么就去问和西呢？"从此黄老培心里便有了结，有事没事，都会偷偷到学校看一眼，好像担心这房子这块地哪天突然被偷了似的。

不久之后，电影队来村里的晒谷坪放映，从学校取了几把长凳来用。学校撤并的时候，搬走了大部分桌椅，只剩下几张缺胳膊断腿的，后来和西把它们修好了，村里办红白喜事的时候派个用场，因为对大家都有益，这几张桌椅就一直存放在这里。按理说这些桌椅并不属于黄老培家，但有了白庆民老婆的那件事，黄老培就把这些东西看成了他的私产；电影散场后，黄老培一晚上都在琢磨：那些凳子有没有全数放回，有没有被搞坏的。因此第二天天没亮，就急急忙忙跑去查看。

因为不想被人看见，更不想惊动和西，黄老培特意绕到学校的后窗。这里原是一片李树林，学生们撤走后，林子就荒在了那里，那些野草长得比人还要高。黄老培猫着腰，蹑手蹑脚走过和西的寝室，来到了大教室的窗下。

教室的窗玻璃早没了，连窗框都被拆了当柴烧，只剩下黑洞洞的窗眼。天还没全亮，屋子里更暗，黄老培把头伸进框内，转着头四处张望，只见两堆白花花的东西，在西屋角扭缠在一起。黄老培有点眼花，他晃了晃脑袋，用力睁大眼睛，待他看清眼前的东西时，吓得差点跌倒在地："天哪，这不是光溜溜绞在一起的两个人吗？我呸！呸呸呸呸！"黄老培捂住嘴巴，才终于让自己没有叫出声来。

黄老培缩在墙根下，定了好一会儿神，才慢慢镇定下来，并再次把腰直起。这回黄老培屏住呼吸，紧紧盯着这四条腿，想看清某个地方是不是连在一起的，可是黄老培的眼睛睁得越大，就越看不清楚，而他的下身却开始有了反应，喉咙咕噜噜的，想叫又叫不出声。黄老培就盯着那赤条条的四条腿，足足看了好几分钟，直到远处传来说话的声音，他才终于落荒而逃。

后来黄老培听人说，那天早上，邻村复员回来的李斌，跟张顺宝新娶不久的老婆，两人一前一后从村西头的小路经过。黄老培于是告诫自己：我什么也没有看见。

这件事黄老培没敢告诉任何人，但是他时不时就会想起。每当想起这事的时候，黄老培就在心里咒骂这对狗男女，每当想起这事的时候，黄老培就会迁怒于和西没把屋子看好——和西怎么就睡得那么死！难道他就没听到一点动静？黄老培真想当面问一问和西。但是黄老培是老实人，老实人怎么能偷看男女交欢呢？老实人看见奸淫之事为什么不喊呢？这么一想，黄老培心里就有了鬼。

这个鬼就一直藏在黄老培的心里。黄老培就一直在心里酝酿要跟和西谈一谈。

黄老培要跟和西谈一谈。他不确定是谈有人进来乱搞的事，还是谈这块地的事。正当黄老培犹疑不定的时候，和西却主动找了他，是白青山带的话。

那天黄老培正在他家的罗汉地里点花，白青山跑来找他，白青山说：“培叔，该回去吃早饭了。”黄老培觉得白青山占他便宜，笑着骂道：“我比你爸还大两岁，你叫我叔。”白青山坏笑说：“你看上去比我爸年轻啊。”黄老培就高兴起来，他问白青山：“今天怎么没去上学啊？”白青山说：“今天是星期六。培叔，和西让你收工的时候去找他一下。”

听到和西的名字，黄老培心里咯噔了一下。他没有直接回复白青山，而是接回原来的话说：“怪不得呢，我说你今天怎么不上课。”

白青山走后，黄老培故意磨蹭了好一会儿，才终于从罗汉地里收工。往家走的路上，黄老培一直想着和西要跟他说什么，他要怎么跟和西开口。刚出南山坳口，他就看见和西蹲在学校门口的空地上，手上拿根木棍，像在划拉着什么，和西穿着白色的衬衣，黑色的西裤，看上去干干净净的。尽管和西蹲得很低，但他那巨大的干净，还是让黄老培觉得自己有点矮。

黄老培故意把头抬高了一点，好让和西也能够看见他。分田之前，黄老培每次看见和西，都会有些底气不足，既想上去套近乎，又不知道讲些什么；后来有了教室和这块地的事，黄老培看和西就有了点气，见到和西就更不知道说什么好，只能远远地故意避开，好像生怕和西看出他心里的气。

这次和西主动找黄老培，黄老培估计和西听到点什么，和西不想搬走，要找黄老培商量解决办法。黄老培决定无论怎样都不能先开口，他要让和西先提出来，他甚至都想好了怎么回答和西；

至于放人进来乱搞的事，黄老培决定还是烂在肚子里为好，万一和西根本不知道这事，或者知道了也不承认，那不就把黄老培暴露了？

黄老培还在胡思乱想，和西已经把头转了过来，一眼就望住了他，并冲他笑了一下。黄老培想把目光躲开，却已经无处可躲，只能硬着头皮在和西的注视下往前走。

离和西十几步的时候，黄老培摸出了香烟包，并打好腹稿，准备先问和西吃饭了没有。但黄老培还没开口，和西却说话了："老培哥，这是这几年的房租，我要搬到红源去了。"和西望向旁边的一张木椅，那上面放着个牛皮信封。和西看一眼信封，又看一眼黄老培，站起身来进屋去了，那根他刚才拿在手里的木棍孤零零放在地上。

黄老培脸腾地红了。他走到椅子前，看着那个鼓囊囊的信封，像面对一块烧得通红的烙铁。曾经黄老培搜肠刮肚，盘算了多少时日，斗争了多少时日，没想到今天和西轻轻的一句话，就让黄老培所有的算计都成了打在空气中的拳头。黄老培虽然彻底解脱，又难免非常地泄气，脸也火辣辣地开始烫起来。

黄老培觉得必须说点什么，是啊，说点什么呢？黄老培于是大声地嚷起来："这怎么行呢？这怎么行呢？我怎么能收你的租金呢？和西老师你住在这里多好，你住这里多好啊。这房子我也用不着，你住着嘛，你就住着嘛。你不住我才难受呢，我怎么能收你的钱呢……"黄老培一边嚷着，一边眼睛四处乱看，直到他确信周围没有外人，这才抖着手把信封抓过来，快速地揣进了衣兜。

黄老培离开的时候，他听到有个声音在身后说：“翻过这座山，天就黑了。”大中午的，怎么说天黑了呢？黄老培回过头来，发现和西已经从屋里出来，重新蹲在地上，用刚才扔下的那截木棍，拨拉地下的一块青石。

和西刚才的话，是说给那些搬家的黑蚂蚁的。

9. 失去水稻的村庄

和西就这样搬走了。

走的那天，和西站在山坳上，把村庄仔仔细细地看了一次。其实和西有很多机会这样看村庄，但他总想着还有时间，再说村庄就在那儿，看不看也跑不掉；那时他更关心脚下每一块不同的山石，关心路边偶尔蹿出来的烟竹笋，以及坡上东一棵西一棵的野百合，那时他还顾不上看村庄。

现在和西冷不丁地看见这个村庄，他吓了一跳。他发现村庄被扔在山谷之中，那些树和石头都比村庄高，那些荒草也到了村庄的脚下，也许再长两年，就可以到村庄的脖子了，可是村庄却不知道。和西在南山脚下的李树林中，找到了两小块隐隐约约的土坯墙，和西想，那些排着队去找食物的蚂蚁，也不知道回窝了没有。和西挥了挥手，抹掉了那两片土坯墙，有几棵荒草，趁机长到了和西的心里。

对于和西的离开，整个村庄都猝不及防。不都说和西不走的吗？不都说和西一直住在青河村的吗？虽然和西在的时候，对村庄并没有实质的好处，但和西是外乡人，还是一个文化人，和西留在村庄，就是把文化留在村庄，把好名声留在村庄。现在和西却突然走了，把村庄最有文化的部分带走了，村庄因为有文化而带来的好名声也将受到折损。为此村民四处寻找原因，村民互相打听，自省自查，最后大家把目光都锁定到黄老培的身上：肯定是黄老培要把地收回来，肯定是黄老培把和西撵走的。

黄老培为此苦不堪言，但他的确一直想收回自家的地，他也确实收了和西的钱，你能说跟他没有关系吗？黄老培很委屈，但是又无处可说，见着人就絮叨："我没想让他走的，我没想让他走的，是他自己提出来要走。"没有人听黄老培辩解，也没有人指责黄老培，黄老培为此更加难受，有时走在路上，都忍不住叨咕出来："我没想让他走的……是他自己要走……"

一天夜里，黄老培躺在床上睡不着，他听见老鼠在屋角窸窸窣窣地偷啃玉米，完全无视自己的存在。黄老培用力地蹾了下床板，老鼠闻声停了会儿，见黄老培没有进一步的行动，老鼠又重新啃啮起来，喳喳喳的肆无忌惮。黄老培正想继续发作，这当儿大脑突然灵光一闪：和西是不是看见了李斌和张顺宝老婆的丑事？是呀，一男一女，就在隔壁，动静那么大，和西能不知道？和西一定是因为这个才走的！一定是！想到这里，黄老培一下子坐了起来，连日来的困顿和苦恼终于解脱，他忍不住嘎嘎地笑出声来。

从此以后，黄老培觉得自己跟和西有了共同的秘密，他在心里也跟和西亲密起来，他甚至产生出跟和西共同探讨这个秘密的幻想——是啊，和西也看见了，终于有另外一个人可以跟他分担这个事，真好呢……但是黄老培仍然不敢对外说，只在心里肯定地告诉自己，和西是因为看见不该看见的事才走的。

黄老培还在心底里暗流涌动，村庄却失去了继续伤感的耐心。和西的离开，虽然让村庄感到失落，但这失落是全村的失落，这失落分摊到每个人的头上，就变得少了，就没剩多少了，就很容易被来往的风吹走。村民各自都有各自的事等着去做：兰伯春的小女儿兰小芬得了天花，正在四处寻医问药；白庆柱家的种猪，需要赶到邻村去配种；兰春和家的那头牛，已经卖到了邻乡，可是十几天后又自己跑了回来……除了这些，村庄还有一件更大的事要去关注：白庆国给村庄推荐了一种“稳定高产”的新稻种，但是种子撒下去后，整个春耕季节都过去了，没有一家的田里长出秧苗；几个村的人都在找白庆国，但白庆国过完年就出去了，现在连个影子都找不到。

青河自开村以来，第一次见不到一株稻禾；一片片水汪汪的稻田，已经耙过两遍，肥也下得很足，却找不到可以插下去的秧苗——有谁见过没有水稻的村庄吗？有谁见过没有一丝绿色的村庄吗？白庆国带来的这种灾难性打击，让整个村庄陷入了地狱般的绝望之中。

整个春天，几个村庄的人都在骂白庆国，整个春天，几个村庄的人都在找白庆国。人们找不到白庆国，就来问兰继芬；兰继芬也找不到白庆国，就天天地哭；兰继芬一哭，白青山就霍霍地磨刀子。白青山对几个村庄放出话来：“我要杀了白庆国。”

这个春天，失去了稻禾的村庄，变得异常丑陋。反应快的人，迅速换种上红薯、芋头、玉米、西红柿、茄子或辣椒，也有人换种上其他的作物。但仍然有一部分人，他们终日沉浸对白庆国的愤怒和失去稻禾的悲伤中，久久不愿妥协，于是一大半的水田，就光秃秃地裸在那里，最终被杂草占据。

这事闹了很久也闹了很大，最终惊动了镇农科所，农科所派出技术员进村调查，结果发现那些看似饱满的稻谷，原来都是假种子；镇派出所也派出民警，做了厚厚的笔录，但是白庆国找不到，那个卖假种子的也没有找到，这件事就搁在那里，成了一桩悬案。

没有了稻禾，村庄还叫村庄吗？往年那一垧一垧的禾苗，不分谁是谁家的，也不管主人是不是有仇，白天全都连成一片，绿到山根根里去；到了晚上，田里的青蛙都叫起来，也是不分彼此，不计名姓，全都叫成一片。村庄就是因这连成一片的稻禾和叫成一片的蛙鸣，才保持了世代的祥和。可现在这些整齐的绿和蛙鸣虫叫全都没了，村庄就像被抽走了灵魂似的，一个春天都神情恍惚，多年后有人回忆起来，还感到心里发慌。

同样，春天里充足的雨水，从山上流下来，打稻田边经过，不屑地看了一眼，走了。还有些雨落在已经变成西红柿地、茄子地、豆角地的田里，落在雨往年落过的地方，可是却很快被人排干，雨们第一次惊讶地发现，这个村庄竟然不喜欢它们。雨兴奋地把春天带到村庄，却沮丧地又把春天带走了，雨水流走的时候，把村庄冲出一道道痛苦的沟壑，村民对白庆国的恨，在这沟壑里又深了一层。

没有了禾苗和稻浪的照抚，村庄的灵气消失殆尽，那个黑色的鬼魂，再次出现在了村庄的夜里。这次鬼影不是在山上，而是直接逼近村舍，在和西留下的空房子附近徘徊，有人甚至还在夜间听到年轻女人的哭声，那声音像被一块石头压着，隐隐约约的，同样从和西住过的房子传来。

和西刚离开的时候，黄老培曾想把教室改成牛栏，可是那牛只住了一晚，就把牛栏门踢坏，跑回了村里，大家都说，牛或许是看见了什么不该看见的东西。从那以后，那房子就闲置在那里，一点点地矮顿下去，有人看到李斌和张顺宝的老婆，后来又来过一回，可自从那里闹鬼后，偷情的不敢来了，李斌和张顺宝老婆，也再没有出现过。

曾有胆大的想去会会鬼，可是那鬼像是看透人的行踪，人去的时候，鬼不出来，人一走，鬼就开始闹，慢慢地，村民也就习惯了跟鬼相处。中间黄老培还试着去收拾了两回，后来也再没那闲心。慢慢地，墙根和墙头的草越长越高，那两间屋子，也就成了鬼的地界。

少年魔术师给瓶子注满水，吹了口气，瓶子里的水瞬即闪烁起来。

“鸟站在高高的树枝上，你知道它们在说什么吗？”红桃 3 问。

“说它们想说的。”梅花 9 说。

“鸟这么飞来飞去的，你知道他们在找什么吗？”红桃 3 问。

“找听得懂他们的。”梅花 9 说。

红桃 3 每天都看见有鸟这么飞，但她从来不知道鸟住在哪里，又从什么地方飞来。鸟在空空的山谷里飞，一会儿落在这棵树上，一会儿在那根电线杆上歇脚，一会儿俯冲下来捡几颗田里落下的稻谷，一会儿在干草堆上叮食傻头傻脑的虫子。鸟做这一切，都是为了积蓄能量，然后再次高飞。鸟喜欢高处。

鸟飞过人家的窗子，看看屋里的人在干什么，叫两声，看人听不听得懂；如果有人回应了它，它便停在窗外不停地叫，直到屋里的猫或狗跑出来，鸟又逗一下猫狗，然后扑棱一下子飞走了。红桃 3 不认识任何一只鸟，她不知道这鸟是不是飞过很多的地方，或者只在这个山谷飞，她眼里的鸟每只都是一样的。

梅花 9 给红桃 3 讲鸟的故事。梅花 9 说，有只鸟在一个山谷住烦了，它想换个地方住。于是它站在树梢上看，决定要飞到它能看见的最远的地方。鸟看见前面有一个山坡，嗯，那棵树不错，高高的，树冠也足够密，于是鸟飞到那棵树上；鸟又站在这棵树上往前看，它看见前面有一片花，有红的，有白的，于是它又朝着那片花飞；接下来鸟看见前面有个湖，那湖水真是清呢，湖边树丛的倒影都映在湖里，于是鸟又朝湖水飞去……梅花 9 说："你猜猜，鸟在这里发现了什么？"

"鸟发现了鱼。"红桃 3 说。

梅花 9 不说话。红桃 3 又问："鸟在湖边安家了吗？"

"鸟的每一截目光，都有让它动心的地方。鸟一直这么飞着，后来就没有家了。"

魔术师又睡着了，他没有听梅花 9 和红桃 3 的谈话。魔术师醒过来的时候，其他的扑克牌正在露天舞池里跳舞，方块们排成一排，有节奏地打着拍子；梅花不停地在报数，可报来报去都不

和西认识村庄的每一只斑鸠、每一只乌鸦、每一只老鹰、每一个白头鸟、每一只燕子和麻雀，他也知道它们的窝在哪儿，它们有几个孩子，它们彼此之间关系怎么样。但这只鸟他从没见过。一只没见过的鸟，一声不吭就走进你家，大模大样地吃了你的口粮，你能问都不问一声吗？

对，他们互相打量着，不停地嚷嚷：“是谁没到？是谁没到？”可是一个晚上，都找不出缺席的那两张牌。魔术师把底牌往屁股下再塞进去一点，回过头来，发现红桃 A 站在他的身后，黑桃 4 正从远处看着他。

10. 浸入一个女人身上的黑夜

没有人知道，和西其实是因为兰志玲走的。

和西在后山台地兰春玉的那个窝棚里，看见过一团毛线，红色的，线上有织了拆拆了织的痕迹。和西知道兰志玲就住在这里。

和西是跟着一只鸟来到这个地方的。那天一只鸟偷吃了他窗台上的苞米，本来一只鸟吃点东西，这算不了什么，就像村民经过哪家的门前，看见门口放着一篮刚刚煮熟的红薯，顺手捏一个，走了，随口说一声“还不够甜”，便是对这篮红薯的认可。问题在于这只鸟没有打招呼，它连啾啾地叫一声都懒得，就把和西的小半只玉米啄走了。

和西认识村庄的每一只斑鸠、每一只乌鸦、每一只老鹰、每一个白头鸟、每一只燕子和麻雀，和西也知道它们的窝在哪儿，它们有几个孩子，它们彼此之间关系怎么样。但这只鸟和西没见过。一只没见过的鸟，一声不吭，就走进你家大模大样地吃了你的口粮，你能问都不问一声吗？

和西就追着这只鸟，来到了后山的台地。按理说和西的腿，怎么也跑不赢鸟的翅膀，但是和西的目光比鸟的翅膀快，鸟还没飞过去，和西的目光就先到达了，于是这鸟就一直在和西的目光后面飞着。鸟飞飞停停，一路得意地叫着，偶尔还回头看看地上跑着的和西的腿和影子，这样和西几乎和鸟一同到达南山后面的这片台地。

到了这里，和西就懒得追鸟了，因为他看见了比鸟更重要的东西：一间精巧的草泥外墙的棚屋。

一般人家的瓜果棚子，都用木头和木板搭建，屋顶随便盖个油毛毡；棚子里搭一张简单的木板床，床下堆着草灰、化肥和几样农具，能怎么简省就怎么简省。

而眼前这个窝棚，则完全仿造燕子垒窝的方式，用芒草和着泥，一点点精心地粘在木篱的墙上；屋顶也是采用多年不见的结茅草——把茅草一把一把地编成毡子，结结实实往屋顶的梁柱上绑扎紧，这样的茅草屋，看上去不起眼，却处处透着精心和细致。和西好几年没看到这样的茅草屋了，当初学校要加盖厕所，他领着一帮学生，也这样一点点地结过茅草毡子，后来有了油毛毡，才把原来的茅草掀掉。而兰春玉家的这个棚屋，竟比以前他见过的任何茅草屋都结实，都精致，甚至要大出很多。

和西早知道兰春玉在这里搭了个窝棚，但不知道兰春玉一个农民，竟然可以把棚搭出鸟的情致。和西犹豫着要不要进去看看，在这样的荒郊野岭，一间屋子的存在，就宣示了它对目力所及的整片山野的主权，作为一个闯入者，难道不应该进去打个招呼？

和西这么想着的时候，已经走到了窝棚的门前。和西走路不像村民，村民走路是带着声音的，裤子摩擦的声音，脚板踩在地上的声音，人嘴里发出的声音；人还在很远，就会大声地问“哪个在？”这声音大多喊给屋里的狗听的，狗听见了先跑出来，然后才有人声。和西走路没有声音，但狗闻到生人气味还是会跑出来，人却不一定。

和西认定屋里没有狗，于是举起手小心地敲了敲门。和西的敲门声，对这间茅屋太过奢侈，因此自然没有回应。和西就在门口问：“有人吗？”一边就推开了屋门，于是就看见了屋里的东西：在通常应该堆放杂物的地方，空出一个干净的过道，屋里生活用品一应俱全、一目了然，尤其屋角木椅上的那团红毛线，它像火一样灼烧着和西的眼睛，让和西没有勇气再去推里屋的门……

尽管有人怀疑兰志玲还活着，但是没有人见过白天的兰志玲，和西也没有见过，他见到的兰志玲属于黑夜。一个星月暗淡的夜晚，兰志玲的影子挡在和西必经的蛛网般的田埂中，兰志玲穿着黑衣，蒙着黑纱，即使是夜里，她也没有让她的面容浸在寒凉的黑中。和西知道兰志玲是在等他，他没有回避，径直走到兰志玲面前。

他们没有说话，黑夜有关于黑夜的语言。他们就那么一直站着，和西听到兰志玲在心里哭，兰志玲在心里说：“我只想找个人说说话。那么多年了，我只在黑夜里活着，我怕我的丑让阳光照见，我配不上白天的亮，配不上白天里那些有生命的动物和植物，我怕它们看见我会难过。”

和西仍然没有说话，即使在心里，他也没有说。

兰志玲接着说："这么多年，我白天坐在山上，看着山下的道路和河流，我就在想我此生再也不能沿着道路和河流，走到更远的地方了。

"在我上学的时候，看到镇上那些摆摊卖瓜子的，我就特别羡慕他们，当时想，要是我家在镇上，就不用回这穷山沟。上学的路上，看到离镇上更近的人家，我就想，我家要是在这里也不错，没走几步就能看见马路，也比在青河村要强。有一年我们学校来了几个实习老师，其中有个女老师会弹钢琴，我就经常去听她弹琴，那时候我就想能像她一样，去远远的地方上学、弹琴，做一个有文化的人。我甚至回想我去住院时，一路上掠过的城市和高楼，晚上那些楼房的灯，在黑夜里特别亮，并且很多很远很深，像我没见过的大海一样。还有我看见的医院，那么多的人，那么多的房间，那么多的医生和护士，那时我就想，这个世界上还有多少我没有见过的人，而这些人，也许我一生都见不到了。

"说起来好笑，我最想见的人，竟然是一个不知道名字的人。那一年去给表姐送亲，我隔着河远远地看见了他，他也看见了我，后来我们在人丛中又见过一次，仍然是他看着我，我看着他，我们一直没有说过话。但我记得他，一直记得，我想给他织一条围巾，这个世界上唯一的一条围巾，但是到现在，这条围巾也没有织好。

"我想象着这条围巾的样子，它应该是什么颜色什么款式的。我从白色织到黑色，又从黑色织到红色，始终没有找到我想要的颜色。我想等这条围巾织好了，他就会出现在我的黑夜里。我曾经在无数的白天看着那条他可能走进来的路，可能走进来的河流；

无数的夜晚，我在他可能来的方向等他，我已经准备好一切，他来，我就把自己献给他。

“我的身体仍然是好的，黑夜把我的身体保护得很好，我想把我的身体给了他。我甚至想，那第一个出现的男人，就注定是来要我的男人，我就把他当成我要等的人，我就把自己给了他。可是我准备了那么多年，那个要我的男人一直没有来。”

“我知道你也在等一个人，你也等了很多年，如果你愿意……”兰志玲的心在说，“如果你愿意，能不能把我当成你想等的人，或者……”兰志玲说不下去了……

和西听到整个夜晚的黑都在哭，整个夜晚的黑都集中到兰志玲的身上，整个夜晚的黑，把兰志玲的悲伤拖进无限，和西伸出手，却怎么也无法穿过这深邃无底的黑，撕碎兰志玲那浓密纠缠的夜。

这个夜晚，和西太弱小。

11. 叫魂

和西离开青河村的那年冬天，白青山的猫不见了。

据说黑猫走失的那天，阳光不慌不忙的，从村东头照到村西头，从屋里照到屋外，又从人的头顶，照到人的脚下。白青山坐在兰伯春家的门槛上，他看见他外婆坐在天井的条石上，抖着松松的奶子喂养着已经五岁的小姨兰小芬。一丛小野菊支着身体，从院角用力地往阳光里探，有些花还没有开，有些花已经凋零。

白青山疑惑地打量着这一切，他看见阳光里很多的扑克打打闹闹、推推搡搡的，有的在微笑，有的在哭泣。白青山搞不清自己是哪张牌，他从门槛上站起来，下意识地想抓住些什么，他摸了摸衣服口袋里的那只陀螺，还有裤子口袋里的那些三角板，一不小心把阳光碰着了。这时候白青山看见屋里的光线，瞬间被他的影子切割开来：案台上有个头影在晃动，椿凳被截成两半，一半大，一半小；屋角的阴影里，黑猫老六警惕地看着人世间飞动的灰尘，眼神敏锐而犀利。

猫趴伏了一会儿，然后站起来，小心翼翼地绕过那些光线，走到门口的台阶上。这时候整个村庄都在猫的身后，猫看见了田野，还有比田野更远的地方，猫在心里盘算着它要去往的方向。

那天是 1997 年的 12 月 7 日。

白青山是 1997 年 12 月 8 日的早上，才意识到他家的猫失踪的。

其实头天晚上，白青山就发现黑猫不见了。晚饭的时候，兰继芬炒了份红烧排骨，白青山吃第一块的时候，把骨头咬碎吞下去了，吃第二块时，他便想起了黑猫老六。当白青山夹着这块已经啃光的骨头，四处喊着老六的时候，他的猫却没有如期出现。白青山觉得有点奇怪，黑猫已经不太爱动弹，除了跟着白青山去兰伯春家，已经不喜欢到处串门，但当时白青山也没深想，直到上床睡觉，白青山还以为他的猫在兰伯春家过夜了。

第二天还没睡醒，白青山就被他妈喊起来，让他帮着去坡上挖厢葛薯——这天是圩日，兰继芬准备挑些葛薯去卖。白青山帮他妈干完活，又爬到一棵树上，掏了个鸟窝，才背着背篓兴冲冲地回家。刚进屋门，白青山就闻到了他妈煎得香喷喷的小鱼仔，白青山心说："今天老六有得吃了。"想到这里，他突然意识到从昨晚到现在，他家的猫都没有照面。

白青山开始找他的猫，兰继芬追着叫他吃饭，他却一句也没有听见。

白青山在自己家屋前屋后找了一遍，又沿着自己家到兰伯春家的路找，沿着兰伯春家到白庆民家的路找，然后他又去了黄老培家找，去了兰展春和兰季春家找，还有兰春玉和白老二家……

白青山找遍全村每一户人家，最后来到了兰仲春家。

白青山走过来的时候，兰仲春老婆正在门口晒太阳。白青山仰起脸问："叔婆你见过我家老六吗？就是我家那只黑猫。"

"一只猫有什么好找的？"兰仲春老婆说。

"我昨天还见过它的，他在日头下打呵欠，还问我要鱼吃。"白青山说。

"你把鱼给它了？"兰仲春老婆问。

"我指给猫河里的鱼，可是猫只看着我的手指；它只看着我的手指，它不知道我指的是河里的鱼。"白青山说着眼泪就下来了。

一只猫到了要死的年龄，还有什么人可以拦得住吗？一只猫打定主意要去死，还有什么人能够找得到它吗？兰仲春老婆看着白青山哗哗的眼泪，厌烦地皱了皱眉头。兰仲春老婆是村庄第一个发现鬼的人，因为这一发现，她像掌握着村庄重大秘密似的，名正言顺地预言着村庄的一切。这时候兰仲春老婆不耐烦指了指门外，对哭泣的白青山说，你去小学校找找好了。

这个村庄只有 18 户人家。只有 18 户人家的村庄是不经找的。于是白青山哭泣着走向南山下已经荒芜的那两间土坯房。

白青山踏上通往学校的那条田间小路。

一路上，白青山不停地抹着泪水，在眼泪的缝隙里，这条路像起伏的河流——河道两边，那些零散堆放的稻草，和立在田野里的那些石头，随着河流的起伏而晃动，白青山看见他的猫，它藏在那起伏的河流后面，与他平行着往前走。走到田野中间，那影子突然就到了白青山跟前，与白青山的影子重叠在一起，白青山原地转了一圈，他想抓住那只猫，可那猫却倏地一下，又不见了。

和西走后，白青山已经好久没到这里来了。他不知道这里的草长了那么高，也不知道教室的屋顶什么时候已经被岁月掀翻，而在荒草的世界里，剩下来的残墙已经没有了说话的权利。和西曾经住过的那个屋子，艰难地撑着教室的西墙，半依半靠地藏在树木和荒草丛中；屋子的门已经没有了，屋子的窗框，也照例被人拆了去——人的气一撤走，这屋子竟然老得那么快。

白青山在荒屋前喊着他的猫，他想尽快离开这里。他心里很急迫，他的声音也很急迫，他叫着叫着，就听到了什么地方传来猫的叫声，像在远处，像在近处，像在地下，像在天上，白青山就追着这声音，来到了那口废弃的水井前。

这口井是当年专为和西打的。村庄有河流，村里人用水，都直接到河里或潭边挑水，村庄不需要打专门的井。可是学校离河有点远，最主要的是和西不会挑水，于是村民中最懂风水的，在教室前面的空地上选定一个位置，就打出了这口井来。

这两年村庄变得有点倦怠，河水也没以前那么清澈丰沛了，于是村庄陆陆续续地，也在自家的屋前屋后打出一些井来。这些井没有名字，只有各自的归属，它们被叫作“兰伯春家的井”“白庆柱家的井”“兰春玉家的井”……

话说学校的这口井，用水泥砌了个半米高的井台，井台四周，同样用水泥铺出了一圈空地，这样和西在的时候，才可以坐在井台前一边洗衣服，一边眺望村庄和田野；白青山也才可以带着他的猫，从村庄一路慢慢地颠过来，坐在和西的这口井前……而现在，那猫的声音，就恍惚是从那井底传出来的。

白青山循着猫的声音，直朝那井台扑过去。他趴在井沿上往下看，可是他的头却把阳光挡住了，他躲闪着自己的影子，那影子却像跟定了他似的，直直地投放到深井之中，让那原本就深不可测的井，变得更加高深莫测。

白青山就与这口井长久地对视着。在那青黑的苔藓后面，渐渐地，白青山看见了一些衣着奇怪的人，这些人在一片金黄的田野中各自忙碌：有的采摘稻穗，有的挎着篮子在走，有的在溪边摘野草莓，有的拿着镰刀在割草，还有的什么也不做，就站在田边朝远处望……

梅花 9 正在一个田埂上，悠然地遛着白青山的那只黑猫。

白青山从井里被打捞上来时，已经没有了气息。兰伯春把白青山脸朝下搭在一张课桌上，像搭一张麻袋。然后脱下身上的棉衣盖住白青山，不断拍打白青山的后背，过了好久，白青山的嘴才青蛙似的张开，喷出一大股清水，然后整个人就真成了空空的麻袋。

看到白青山终于有气了，兰伯春才把白青山身上的湿衣服扒下来，用自己的棉衣把他外孙包裹住，背起来就朝村里走；兰仲春二儿子兰志刚想替下他，被兰伯春一把推开了。

兰继芬是从赶圩路上被人追回来的。兰继芬撂下担子，转身就往回跑，筐里的葛薯滚了一地，几天后还有赶圩人在草丛中捡到。兰继芬努力憋着眼泪，一路上跌跌撞撞，跑到跟前的时候，兰伯春正背着白青山走到田野的中间。兰继芬扑过去要看她儿子，同样被她爸兰伯春挡开，她只能从别人手上抢过白青山湿漉漉的衣服和鞋子，抱在胸前追着她爸，一边叫着白青山的名字，一边大骂她老公白庆国。兰继芬本来就七魂丢了六魄，走路磕磕绊绊的，一不小心，踢在一个突起的石头上，咕咚一声就摔了下去，怀里的衣服和鞋子也撒出去老远。

兰伯春老婆走在最后，刚才她已经偷空回家，拿了一沓纸钱，急急忙忙烧在学校的桂花树下，然后拿着个筐箩，一边往回走一边大声喊："青山啊，你回来哦！青山啊，跟婆回家罗！青山啊，回家吃粑粑罗！青山……"喊到这里，她一眼看见女儿在前面跌倒，心里一痛叫出声来，自己也跌坐在地上。

兰仲春老婆一直站在自家的腰门后，远远地看着这一切。她把身子缩在屋里，只把头伸在外边，直到一行人走到近前。兰伯春背着白青山经过的时候，兰仲春老婆把头也缩进门里，听见她儿子兰志刚的声音，又把头伸出来，想喊住兰志刚问点什么。可是场面有点混乱，兰志刚没顾得上理他妈，兰仲春老婆只能讪讪地半藏在阴影中，又没趣又羞愧地咕哝着。

昏睡了三天三夜，白青山终于睁开眼睛。醒过来的白青山，悠悠地说了第一句话："梅花9遛着老六呢。"这时候的兰继芬，神志已经有些恍惚，她没听清白青山说什么，只看见白青山的嘴唇动了一下，当她确信白青山终于活了，这才哇地哭出声来。

兰继芬悲伤欲绝的恸哭，引得兰伯春老婆也涕泪横流，这时白青山又说了一句话："嘘，别吵着他们。"这回兰继芬是听清了，她的哭声马上被噎在喉咙，她惊慌地看着白青山，追问了句："儿子你说什么？"白青山清晰地重复道："别吵着他们。"

兰继芬和兰伯春老婆对视了一眼，这回兰继芬不敢哭了，眼泪却像断线的珍珠，流得比刚才更加凶猛……

白青山醒过来后，什么都好，就是时不时会说一些莫名其妙的胡话。村民都说学校那里闹鬼，或许是被鬼勾了魂，于是兰继芬和她妈商量着，又给白青山叫了几回魂。那段时间，村庄时不时就回荡着“青山啊，回家了！”“青山啊，跟妈回来吃饭了！”“青山啊，妈把饭做好了！”叫魂持续了半年多，白青山说胡话的毛病就是没法改，小学校那边，更是没人敢去了。

12. 有一种远方叫广东

1998 年春节前，白庆国终于回来了。

白庆国是在天黑的时候进村的，那时候全村的人都已经关门吃夜饭，只有兰志远家的那头黑牯牛，还在岭边磨磨蹭蹭的。兰志远走后，这头牛就总不爱回栏，才开始兰伯春还总去喊它，后来也就懒得喊了，爱回不回吧，反正自从有了拖拉机，牛已经没啥用处了，谁愿意偷一头没什么用处的犟牛呢?

黑牯牛远远就看见了白庆国，于是走到路中间等着白庆国过来。白庆国却没有看见牛，白庆国一直在想他自己的事，白庆国的事很多，他顾不上去看一团黑影，再说岭坡的两边都是一团团的黑影，他没有工夫看。

就这样，白庆国一直走到近前，还没发现那是一头牛。白庆国正打算绕过这团黑影，黑牯牛突然抬起头来，冲着白庆国的脸喷了一鼻子热气，白庆国猝不及防，一屁股跌在地上。出去太久的白庆国，已经不认识这头黑牯牛，也再懒得跟一头牛计较，他平复了一下情绪，低低地骂了几句，才从地上爬起来，鬼鬼祟祟继续往村里走。

白庆国没有走村中间的大路，他是从兰展春屋后的小路绕回家的。兰展春家里人少，他的三个姐姐早已经出嫁，他妈前几年赶圩又被车轧死了，屋里就剩兰展春和兰展春的爸。兰展春小时候得过小儿麻痹症，病好后就成了瘸子，三十多岁了还没有人。以前生产队照顾他，让他当会计，分田到户后他只能自己下田干活，他已经七十多岁的爸，也力所能及地帮着他些。兰展春爷俩除了干自己家的活，平时跟村里人来往不多，吃完饭就关门睡觉，因此白庆国从他家窗下走过时，并没有被发现。

白庆国进屋的时候，白青山已经吃饱去玩了，兰继芬则在堂屋搓苞谷。昏暗的电灯光下，这些年发生的大事小情，一件件在兰继芬心里过着，像放电影一样。恍惚间见到白庆国进来，兰继芬以为是幻觉，随手把一个苞米朝白庆国扔过去，笑着骂了句“又来哄老娘！”正要继续搓，白庆国把包一扔就扑过来，捂住了兰继芬的嘴，压低声音问了句“儿子呢？”兰继芬惊惧地看着白庆国，等她终于确信这不是梦，眼眶瞬息就红了。兰继芬撂开苞米，双手又抓又扯，直往白庆国身上使，白庆国把兰继芬撂倒在地，直直地压了上去。

完事之后，兰继芬才发现白庆国脚踝上有血迹，裤子上也都是泥灰。白庆国说是被牛弄的，兰继芬死活不信，她看着白庆国那张有些陌生的脸，心底里涌起了阵阵的不安。白庆国却已经把带回来的包拎过来，从里面掏出了一大沓人民币，拍在旁边的饭桌上；然后白庆国又把手伸进包里，掏出了一个小黑匣子：“知道这是什么吗？BP机！”

接下来，白庆国向兰继芬详细讲解了 BP 机的用途和用法，讲完的时候，他吃惊地发现他儿子白青山不知何时已经回来，正站在腰门边冷冷地看着他。

第二天清早，白庆国赶在村庄出工之前，挨家挨户分别送去了一把大白兔奶糖，白庆国把糖撒下的时候，总会轻描淡写地说一句："这是全中国最好的糖，电视做过广告的。"这家的大人和小孩，于是就远远地看着那糖，既像是敬畏，又像不确定，白庆国就捡起一颗，放到大人的手上，又回身捡起另一颗，给旁边盯着看的孩子。白庆国就说："我在东莞的一个包装厂打工，人发达了不能忘本，我要带大家一起去发财。"接下来白庆国就把他的 BP 机拿出来，证明自己发达了。他详细讲解着 BP 机的用途，然后抬头看向门口的远山，沉重地说："没有基站收不到信号，咱们村就是太落后。"

展示完 BP 机，白庆国开始向村民宣传全国的大好形势，白庆国说："改革开放一片欣欣向荣，全国人民的生活水平节节攀升，不断提高。现在连香港都回归了，中国还怕美国吗？！"人们就用崇拜的眼神看着白庆国。

白庆国在村里一圈走完，竟然没一个人提起假种子事件，如同犯了健忘症似的。也是，人家白庆国也不是故意的，人家也是为了村民好，谁知道那个卖种子的是骗子呢！再说又没有死人，不过就是粮食紧张了一些，事情过去就过去了，人家白庆国还是很有能力的，这不，人家连 BP 机都有了！ BP 机比电话还好使，电话还要一根线，BP 机走到哪儿带到哪儿，嘀嘀叫几声，就能知道有人找自己，多先进。

村民都羡慕地谈论着白庆国，只有白青山四处揭他爸的底，白青山见人就说：“我爸的 BP 机是破的，根本通不了电，我拆开看过了。”白青山又说：“我爸穿回来的短裤还是那一条，破了都没人替他缝。”

尽管白庆国的 BP 机不好使，那个春节，还是不断有人往白庆国家跑。年边的时候，又有两人从县城回来，也说起去广东打工的事，听说那边好多的工厂都在招工，好多打工的人都挣到钱了，他们也都想去呢。

白庆国的话得到印证。春节过后，兰仲春家兰志和、白庆堂家的白启平、黄老培的三儿子黄明、邻村复员回来的李斌，都要跟着白庆国去东莞。李斌跟张顺宝老婆东窗事发后，一直东躲西藏的，春节偷偷摸摸地回来，听说了白庆国的事，决定干脆跟着白庆国远走高飞。张顺宝老婆也想跟去，被她老公打了回来。

那么多人跟随自己，白庆国非常激动，也非常骄傲，他得意地对他老婆兰继芬说：“我们村那么多人，你看看有几个能够把村民带出去的。启军过得好吧，可他就想着自己家的人；志远也根本就不回来，估计在外面也混不开；志霞倒是说跟她干爹做生意，其实就是在外面卖，她倒是挣了不少钱，可是全给她爸妈了；剩下的那些人，有几个想到带领全村一起致富的。”

兰继芬就说：“咱们家去两个人，就可以挣两份钱。”

白庆国马上呵斥：“都走了咱家的田谁来种！青山谁来管！让

白青山把耳朵贴在河流上，他竟然从河流里听到了村庄的故事。河流带走了东家的炊烟，带走了西家树上的几片落叶，这些炊烟和落叶，从来就没有流回村庄；这些炊烟和落叶，一定在某个地方生了根，只要它们停下来，就会有村庄的痕迹。

他成野人啊！”兰继芬就不再说话。

瘸子兰展春也想跟白庆国走。虽说兰展春干不了重活，可是兰展春会算数，兰展春往白庆国家跑了好多次，态度非常恳切，白庆国盯着兰展春的腿看了好久，最后高声说道：“好吧，我也不能丢下你不管，我跟经理说说，让他给你安排个做饭记账什么的。”兰展春感激涕零，回家也没敢跟他爸说，春节后偷偷摸摸跟着白庆国也跑了。

兰展春走后，兰展春他爸骂了好几天，他家的鸡啊狗啊被骂得都不敢回家。已经出嫁的几个女儿回来劝他爸，她们说：“爸，你看人家都巴不得出去呢，你怎么不想展春好？”兰展春他爸就呸地吐了一口：“就那个白庆国，成天偷鸡摸狗的，跟着他能有什么好！”他女儿就又说：“爸，你看展春在家也讨不到老婆，没准出去还能给你带个一儿半女回来。”兰展春他爸看着门前的田野，气恨恨地：“就他那瘸子，在家都讨不到老婆，出去就讨得到了？”他女儿再劝：“他出去又不是不回来了，过好了没准还能接你去享福。”兰展春他爸不屑地嗤道：“他接我去享福？还记得回来看我，我就烧高香了。”他女儿就说：“哪儿能呢？除了伯春哥家的志远，你看哪家的出去了过年不都回来。”兰展春的爸发恨说：“他要不回来我就吊死。”

说着兰志远，兰志远却在年过完后，意外地回来了。兰志远不是回来看他爸妈的，他说他是回来看他家的黑牯牛的。兰志远领着黑牯牛吃了几天草，就又默不作声地走了，没有人知道他混得好不好，也没有人知道在夏玲之后，他在外面是不是有了别的女人。兰展春的姐姐们就对他爸说：“你看，连志远都回来了，展春出去能不回来吗！”兰展春他爸就不说话了。

一个村庄的精力总是有限的，它分出了一些给外面，留下来的就会少一些；走掉几个人，田地就会又荒芜一些。白青山很想知道走了的那部分都去了哪里。

这个 11 岁的孩子，他曾经仔细地观察过河流和村庄，他发现河流从村庄流过的时候，时而抬头看一眼，时而又把头埋得很低。村庄只在一个地方待着，村庄不知道河流有很多的名字，河流在这个山谷叫青河，在另一个隘口或许被叫成白河、红河；村庄不知道河流要去哪里，也不知道河流见过什么，村庄在一个地方待得太久，村庄以为河流流经村庄的这部分，就是河流的所有。

白青山偷偷沿着河流往前走，他想知道河流经过了哪些山，见过些什么人，有没有在什么地方，突然不经意地拐一下，有没有一些有趣的事情，也曾经让河流恋恋不肯离去。

在一个山谷里，白青山见到了那个湖泊，明净如镜，寂静如星空。他从高处俯视着湖面，他看见很多人在湖面上跳舞，他们有的身体笨重，有的舞姿优美，有的脚步轻盈；白青山能看见他们脸上的微笑，却听不见他们的声音，但他知道这些人跟湖边的树和水里的鱼一样，在这里生活了多年，因为只有在一个地方生活了多年的人，才能发出没有声音的笑。

离开河谷，白青山继续往前走，可是他的脚走不过河流，他的日子，也没有河流长，这让白青山才走没多远，就不得不停下来。白青山把耳朵贴在河流上，他竟然从河流里听到了村庄的故事。河流带走了东家的炊烟，带走了西家树上的几片落叶，这些炊烟和落叶，从来就没有流回村庄；这些炊烟和落叶，一定在某个地方生了根，只要它们停下来，就会有村庄的痕迹。

白青山坐在河流的旁边，想家的念头汹涌而至，于是他只能沿着来路，又悄悄地走回了村庄，好像从来就没有走出去过一样。

13. 金融危机

白庆国带着几个人走后，村庄的地位，进行了一次微妙的重新分配。村庄的事情，也被分成了两部分，留下来的部分重复、琐碎而虚幻；听说的那部分，反而变得更加真实且栩栩如生。

兰展春一到东莞，就给他爸写了信。兰展春说，他们先是坐汽车到了县里，在白启军家的餐馆喝了很多酒，见到了白启功白启花，还有白启功的女朋友李小红；然后他们又从县里坐火车去了省城，火车很多很多的车厢，瘸子兰展春从这一头走到那一头，走了差不多小半天，兴奋得不得了；他们还吃了火车上的盒饭，每份饭里都有个卤蛋，黄明吃得直咂嘴；他们在省城逗留了一天，逛了省城的立交桥和大商场，还看见了地下通道里的修鞋的人和唱歌的人，瘸子说看见那些修鞋的，他觉得自己很幸福；最后他们终于到达传说中的东莞。兰展春在信里对他爸说："全世界的人都在厂里了，很多很多。"

兰展春的爸只见过镇上赶圩的人，也很多很多，在街镇的角角落落，怎么数都数不过来。而兰展春那里却有全世界的人，能够看见全世界的人，怎么也算一种福气吧。兰展春的爸不生气了，生气有什么用呢？他的女儿已经帮他把庄稼种上，他不时到田地里打理一下，剩下的时间，就坐在他家门口的石阶上，抱着一个长长的烟筒，眼睛看着远处的虚空，一口一口地抽着旱烟——在兰展春他爸苍老的目光中，他儿子兰展春像鸟一样，在他喷出的烟雾里，徒劳无益地扇动着翅膀……

白青山觉得对不起兰展春的爸。他顺河而下的那天，特意从兰展春家门口走过，他想跟兰展春的爸说点什么，可最终什么也没说。兰展春的爸掏出兰展春的信，让白青山念了一遍，然后递给了白青山一只三角板，白青山把三角板在地下拍了两下，塞进了裤子口袋。白青山逆河回来的时候，兰展春的爸又让白青山念了一遍信，然后白青山把三角板还给了兰展春的爸。

白青山对兰展春的爸说："总有一天，我要杀了白庆国。"

兰展春的信，成了村庄露在外面的一部分，敏感、脆弱，却生动鲜活。

村庄里的事情，虽然不重要，但都是急事情。兰伯春家田里的草急着要薅，他小舅子让他去住几天，兰伯春说那怎么行，田里的草再不薅，就比庄稼高了；白庆民家的猪要下崽，有人邀他去喝喜酒，白庆民说，我得看着我家的猪，难道白庆民不看着，他家的猪就不下崽吗？白庆柱要种一些烟叶，有人叫他一起去赶圩，白庆柱想了半天，最后还是扛着锄头下地了，好像晚了几天，那烟叶就种不了似的……这些都是村庄的急事，村庄就在这些急事里，牵挂着露在外面的那部分。

这一年的年成不太好，收下的西红柿、柑橘和罗汉果都卖不上价。以前也有一些东西卖不上价，但以前辣椒不好卖从姜那里补回来，姜不好卖从西红柿那里找补，西红柿不行了，罗汉果总能有好的收入。可是今年楞是什么都不行，西红柿甚至都没有人来收，而越是没人收，西红柿越是长得又大又水灵，绿白色的秧子下，红红的露个脸出来，像是谁家新娶了媳妇，新郎却不见了似的，让人干着急。

村民看着西红柿一点点烂在田地里，西红柿每烂掉一点，他们的心情就跟着坏掉一点，当所有的农产品都积压在村庄，或者烂掉在田地里的时候，村民变得迷惑了：这个世界难道不吃东西了吗！以前世界虽然会挑嘴，但好歹不吃这个吃那个，为了堵上世界那张喜新厌旧的嘴，村庄曾经变着法子讨好它，虽然有时会忙得团团转，但是村庄是欢乐的；村庄一边数落着，一边研究世界的口味，仿佛在与世界打情骂俏。可是现在世界突然患上了厌食症，村庄一下子不被需要了，它停留于无措的状态中，内心开始惶惑慌张起来。

村庄的那些急事，也被搁置起很大一部分。稻谷早就不种那么多了，够全家人的口粮就好；猪肉的价，还够不上一年的饲料，不如杀了醺成腊肉，好歹还能经常有肉吃；烟叶也卖不出什么好价，有一小块地就够抽一年，余下的地块，不如就让草长起来吧，草长出来还能喂鱼……可是如果没有了多余的作物，没有了多余的粮食，拿什么去换钱，来年拿什么来买种子化肥和农药，拿什么来给孩子们上学买新衣服呢？

村民陷入了焦虑之中，他们开始把希望寄托于村庄在外面的部分，那些有人在外面打工的人家，更显出了自己在村庄的优势。

白庆柱虽然没能当成村长，但也一直处于领导村庄新潮流的地位。而自从白庆国带人去了东莞，他的权威明显受到了威胁。这不，人家去的那是改革开放的前沿，那是邓小平都批字的地方，还是跨省的城市，你虽有三个孩子在外面，可是连县城都没出，三个人顶一个人，也是一个平手，所以白庆柱一下蔫了很多。现在连兰展春家都可以跟白庆柱平起平坐了——兰展春算个什么东西？也就一根独苗，还是个瘸子，他白庆柱可是有三个儿子的，兰展春家怎么可以跟他白庆柱比！因此每次看见兰展春他爸抱着烟筒在门口抽烟，白庆柱心里就不是滋味。

但白庆柱是有涵养的。他敞开前襟，荷着锄头走在田野中，热情地跟村民谈论粮食和收成，村民也以为白庆柱真的在说这该死的年份，于是跟白庆柱一起长吁短叹。就在村民以为跟白庆柱聊得来的时候，白庆柱就会话锋一转，说起国家政策和外面的世界，白庆柱说："外面正在闹金融危机，还是亚洲的，估计很快就会传过来。"从白庆柱的话里，村民都以为"金融危机"是亚洲的一个传染病，他们没听过这种病，没听过就不好乱说，于是就接不上话了，这时候，白庆柱就掌握了一种居高临下的话语权。

白庆柱有个小收音机，多年来他一直借此了解国家形势，了解世界变化，有关金融危机的那些消息，白庆柱就是从小收音机里听来的。但是白庆柱关于金融危机的优越感还没有持续多久，他的三个孩子——白启军、白启花、白启功却突然从县城回来，为此白庆柱半天反应不过来：这金融危机真这么厉害？竟然那么快就传染到县城，传染到他老白家头上？！

话说白启军的小餐馆办不下去，跟金融危机还真没多大关系，而是因为卫生不合格被工商勒令整改。要说县城的餐馆，有几家卫生是真符合要求的？可偏偏白启军不走运：一个女孩到餐馆吃了碗米粉，回去后就开始上吐下泻；不巧那女孩的爸是一位来县城投资的大老板，大老板一着急，就惊动了县长和县委书记，于是层层追究，白启军的餐馆就倒了霉。

也是那妹仔的肚肠娇贵，白启军想，那么多人都吃了他家的米粉，怎么别人没病，就是她病了？！但是没有办法，既然人家认定他卫生不合格，白启军老婆就算动用所有七大姑八大姨的关系，最终只能把餐馆保住，停业整改和罚款却免不了。

人倒霉起来，喝凉水都塞牙，白启军夫妇心里不爽，索性把店转给了别人，然后白启军兄妹把手一甩，回清河村躲清净来了。

三个孩子见到白庆柱，就只说餐馆办不下去了，至于具体原因，他们自己也懒得说。你能说县长和书记冤枉了咱，如果不是，那就是餐馆卫生真有问题。所以想来想去，觉得怎么也说不明白，说不明白就不说了，让老头子白庆柱自己想去。白庆柱见孩子们情绪低落，也不太好问，就只想这金融危机还真不是吃素的，看来其他在外面打工的村民也好不了——想着自己过不好别人也好不到哪儿去，白庆柱这才找到了一些安慰。

白庆柱的那点心思，最终竟成了真：1999 年的春节，白庆国带出去的几个人，一个都没有回来。

刚出去那阵子，兰展春的信来得还挺密实，后来慢慢地就稀疏了，内容也不再那么活泼，无外乎说些工作太忙，让他爸保重身体之类的。春节之前，兰展春同样来了封信，同样说很忙，说春节回不来了，最后安慰他爸说，不回来正好节省一笔路费。兰展春随信给他爸寄了200元钱，大概这就是他省下的路费吧，说是让他爸过年买点好吃的。

兰展春的爸不认字，但他会数数，他知道信上的字在一天天变少，而这封信上只有120个字。当白青山读完这封信的时候，兰展春的爸抿着嘴唇什么也没说，扭身就进屋了。从那以后，兰展春的爸不再请人读信，兰展春好像也没再给家里来过信，反正没有人见到过。

一直跟着干爹在外面做生意的兰志霞，这一年却意外地回来了。这次兰志霞不是一个人回来的，她养得白白胖胖，挺着个圆大的肚子，见到人就骄傲地把肚子挺出来，好像怀着的是哪吒是悟空。就有人问："这孩子的爸呢？""这孩子是哪个男人的种？"兰志霞就大大咧咧地说："我老公在广东做大生意呢。"人们于是就暧昧地笑。

腊月刚过十五，兰志霞就生了。

兰志霞生的时候难产，但是电话打出去了，村委的医生得翻几座山才能到。兰志霞的妈只能把手伸进兰志霞的肚子里，硬生生把那孩子拽了出来。孩子出来的时候，兰志霞的妈松了一口气，可兰志霞却还只剩一口气，她妈回过头来，看见兰志霞死灰般的脸，一把扔开那血淋淋的胎儿，手忙脚乱地抓了把草灰捂在兰志霞被撕裂的私处，哭着骂道："这是造的什么孽啊！这是造的什么孽啊！"兰志霞那时还清醒，兰志霞就对她妈说："我死了，这孩子就给志玲吧。”她妈听到这话，当即哭晕在床前。

兰志霞的爸兰春玉也在门外骂。他一会儿骂她女儿贱，一会儿又骂那个男人杀千刀的，可光骂不顶事，他女儿的血仍像决了堤的河流似的，他唯一的希望就寄托在那个赤脚医生的身上。他烦躁地往返于房间和大门口，看看床上的病人，又看看山坳上那条隐约的小路，恨不得变出一双长长的巨手，远远地把那医生从山路上抓过来。

医生到来的时候，兰志霞已经差不多咽气了，医生看着不省人事的兰志霞，心虚地说了一句：“送医院吧。”然后又补充了一句：“怎么之前没送医院？”医生的话让兰春玉很恼火，兰春玉一把推开了这位刚从田里上来、腿没洗干净的女医生，冲着他老婆就骂：“你是死的啊，直接堵死看它还流不流！”然后也顾不上羞耻，直接抓了一大把草灰，就往她女儿的双腿间塞，直到那地方完全被草灰糊住。

兰春玉这一招果真管用，那血慢慢地竟然不流了，兰志霞也因此被救回一条命。两天后兰志霞醒过来，对她爸她妈说道：“我飞到阎王殿的时候，阎王不收我。”

兰志霞生的是一个女儿，兰春玉说这孩子的妈是用草灰救活的，干脆就起名“兰草”吧，于是兰草就成了兰春玉家的人。

1999 年的春节，整个村庄过得都不太好，留在村里的和从外面回来的，都没有给村庄带来更多的喜气。村庄的人没有往年多，村庄的鞭炮也没有往年多，兰展春家甚至连鞭炮都没买，直到他的几个女儿们回家拜年，才勉强去祖坟上燃了几串。

白庆柱的三个孩子，春节过后就走了。白启军当过兵，见过世面，并且老婆孩子都在县城，归根结底得回去。那白启功，好不容易学会了“炒菜”，人家炒的那个菜，可不是村里炒的菜，人家炒的菜都是有名字的，是可以放到餐桌上挣钱的，虽说还开不了自己的餐馆，但重新找个店来干，一点问题也没有。白启花在家待的时间长一点，本来她爸白庆柱想，白启花人老实，年龄也不小了，不如留在家里找个人家嫁了，但白启花从回来的那天起，心里就不安分，活没干多少，倒是看哪儿哪儿不顺眼，看见什么都爱跟县城比，春节过后两个月，又背着她爸妈，跑到县城找她哥去了。

以前白庆柱的孩子们也是回来了走，走了又回来，白庆柱虽说有些难过，但更多的却是自豪。可是这一次，金融危机没给他家带来实质上的影响，却让白庆柱的心像经历了金融危机一样，被生活又扫荡了一遍，白庆柱自己都觉得很奇怪：自己怎么会如此地伤感？随着孩子们的又一次离去，白庆柱觉得自己这回是真的老了。

同样，兰志霞把兰草留给了她爸妈，没有多久也离开了村庄。走的时候兰志霞再次对她爸妈说：“这孩子就算志玲的吧。”兰志霞说得很平淡，但是却透着一种决绝。她妈听到这个话，还没开口骂眼泪就流了出来；兰春玉则一声不吭，抱着兰草去了另外的屋子。

兰志霞这句话，不知怎么竟传了出来。这一传开，村庄才知道兰志玲还没有死，才知道兰志玲一直住在山后的那个鸟屋里，才知道村民一次次看见的那个鬼影，就是被毁了容的兰志玲。

年轻的时候冬天都躲着他，从不敢在他的身上停留。可是现在，那丝丝的寒冷却从四面八方蹿出来，绕着脚踝在偷窥他。他努力躲避着这些寒冷，他逃到自家的田地里，可他家的田地也一样杂草丛生，他失魂落魄地巡视了一遍，最后逃向他早年挑好的那块墓地。

一段时间，全村民都在指责兰春玉和兰春玉的老婆：兰志玲明明没有死，为什么装神弄鬼吓唬人！连老实巴交的黄老培都对兰春玉有了不满，要不是因为兰志玲的鬼影在学校出没，他那两间房子和那片地也不至于荒了那么久。

由这间屋子，黄老培又想起和西，想起和西的种种好，黄老培的小女儿在红源小学念三年级，于是黄老培时不时就会问他女儿："和西老师在做什么？""和西老师有没有说过咱们青河？""和西老师有没有说要回来看看？"每次他女儿都会说没有，问得多了，他女儿就烦了，于是对黄老培说："和西老师说永远不回青河村了。"黄老培瞪大眼睛看着他女儿，和西是一个和善的人，黄老培不相信和西会这么说。但从此以后，黄老培就再也不问了。

无论村民怎么指责，兰春玉和他老婆始终不回应，久而久之，村民也觉得没了意思，久而久之，村民又开始跑去跟兰春玉和他老婆说："志玲这些年也真是不容易。""让你家志玲搬回来住吧。""一个人在那山上住着，也是孤得慌。""都是一个村的人，我们也不嫌弃她。"……兰春玉就总是应着，却一直没有行动。于是就有人有意无意拐到山上的那个鸟屋，想看看兰志玲的脸到底被毁成怎样，但是去了的人，没有一个见到兰志玲本人。慢慢地，村民发现这次兰志玲是真的消失了，她不仅从村庄消失，也从这个世界上彻底地不见了。

兰志玲这回连那个鬼影都不再剩下。

14. 兰展春的爸吊死了

20 世纪的最后一个春节，兰展春的爸吊死在自家灶门口的门框上。

兰展春的爸死，大家一点也不奇怪，大家奇怪的是他是吊死的；并且兰展春不在时他没吊死，兰展春回来的那天他却吊死了。

其实在兰展春没有回来的第一个春节，兰展春的爸就预感到了死亡。那个冬天，他突然发现藏在他生命里的寒冷全部苏醒，从脚指头往上，一点点侵遍了他身上的每一根骨头。他把门关起来，穿上他一生中所有的衣服，终日坐在火塘前，盼望着春天的来临，即使他的女儿们带着外孙回来看他，也驱不走他身上的哪怕一点点寒冷。然而，春天跟这个老人有什么关系呢？春天来到村庄，从田野上吹过，只在别人的身上开花结果，兰展春的爸身上，已经没有半片可以抽芽的叶子。

尽管这样，兰展春的爸还是渴望着春天的来临。他想起他年轻的时候，那时即使是冬天，他也穿着单裤，光着脚丫子，在村庄的青石小路上啪啪地走。那时候冬天都躲着他，从不敢在他的身上停留；现在，几十个冬天的寒冷都来到近前，虎视眈眈地看着他，瞅准机会，欺负这个孤独的老人。他坐在这里，已经没有了还手的能力。

但兰展春的爸还是艰难地挨到了天气暖和。当他看见第一片叶子在窗外探头探脑的时候，他从家里走了出来，走到那一片平坦的田野之中。

但是田野已经不是过去的田野，过去的田野是整齐有序的，浩荡的风中，那些禾苗形成深浅不一的绿，从这边的山脚，荡漾到那边的山根；春风荡过村庄的时候，禾苗中露出浮在沟垅间的水鸭和鹅来，鸟也在枝头啾啾地叫着，于是春天不仅有了气味，还有了声音。那时候的春天是声势浩大的，那种声势浩大的绿一直蔓延进整个夏天，并在太阳最辣的那段日子，熟透成金黄的稻子，接下来又开始第二季的轮回。可是自从那个没有稻禾的春天过后，村民们惊奇地发现，其实不种稻谷也死不了人，不种稻谷的最坏结果，不过就是花钱买粮吃而已；于是他们开始放任田野荒芜，让杂草肆意生长，从此大片的田野开始变得杂乱无章，毫无头绪。

兰展春的爸看着眼前各种杂乱的作物，感到丝丝的寒冷从这些农作物中蹿出，绕着脚踝在偷窥他。兰展春的爸努力躲避着这些寒冷，他逃到自家的田地里，可他家的田地也一样杂草丛生，他失魂落魄地巡视了一遍，最后逃向他早年挑好的那块墓地。

这是一块朝南的坡地，一小片竹林的边上，三块大石头撑出了几平方米净地，站在这里，可以看见全村的每一户人家，也能看见村庄大部分的田野和庄稼。这块地是兰展春的爸打柴时发现的，那次他从山上滚下一堆干柴，正准备捆扎好回家，天却突然下起雨来，情急之下，他就猫到了这几块巨石下面。缩在石头檐下，看着雨帘外空地上的小花小草，兰展春的爸心念一动：要是死了埋在这里，是不是也很不错？

从那以后，兰展春的爸时不时就过去看看，用锨试试地下的土有多深，他甚至数次把耳朵贴着泥地倾听——他必须确保下葬的时候，不要挖到大石头才好……这样看了好几次，兰展春的爸才终于捡了几个石头堆在那里，算是把那块地标上记号了。

兰展春的爸终于挨过了这个春天，又坚持走完了夏天和秋天，冬天到来之前，他去圩镇上吃了一碗米粉，然后买下一根非常结实的麻绳，这是他能够做的最后的事了。

赶圩回来的路上，有人问兰展春的爸买了什么，兰展春的爸说："麻绳。"这人就问买麻绳干什么，兰展春的爸把那麻绳展示出来说："上吊。"这人就笑说老家伙真有意思，于是接过那麻绳用力拽几下，果然是很结实。

一年多没有来信的兰展春，春节前终于从广东给他爸来了又一封信，兰展春在信里告诉他爸，他要回来过年。兰展春以为他的信可以化开他爸心里的寒冷，他不知道他爸的寒冷已经太过巨大，无法撼动。当白青山从村里把信带回来，读给兰展春的爸的时候，老人脸上没有任何表情，他那深深的皱纹甚至都没有抽动一下。

于是在兰展春走在回家路上的那个黄昏，兰展春的爸吊死在他家灶门口的门框上。

兰展春的爸吊死，是白青山第一个看见的。

那天放学后，白青山在对门岭上帮他妈挖最后一厢红薯。其实村庄的红薯早就挖了回来，部分放进地窖，部分也进了猪和人的肚子。兰继芬特意留下一厢不挖，是因为白青山喜欢吃霜打过的红薯：这种红薯生吃特别脆、特别甜，烤熟当晌午饭，掰开就有一股糖汁流出来，唯一不好的一点，就是留不久。

白青山挖完红薯，并不急着回家，而是想趁天还亮着，去看看他下的铁锚有没有套到野物。冬天的作物都收回了屋里，鸟找不到吃的，到处乱窜，所以很容易中套。白青山挑出一个不大不小的红薯，用手擦了擦上面的沙泥，边吐皮边嚓嚓地啃，一个红薯吃完，他就来到了下铁锚的地方。果不其然，还在很远，白青山就看见一只山鸡在铁夹中挣扎，这是一只长尾山鸡，毛很漂亮，肉色也不错，估计能有两三斤，炒辣椒吃应该不错。白青山把铁锚打开，抓住山鸡的双脚，提起来欣赏了一圈，然后收拾起铁夹套子，提了山鸡，背上背篓，吹着口哨一路往家来。

经过兰展春家的时候，白青山突然想到兰展春今天从广东回来，兰展春肯定带了好东西，兰展春的爸今天肯定想喝一杯，白青山不如把山鸡让这爹佬收拾了，自己等会儿过来吃现成的。于是白青山把背篓放在兰展春家的台阶上，提了山鸡就往屋里走。

推开腰门，白青山就感觉有些异样。以前这个时候，兰展春的爸该做晚饭了，可是今天屋里却是冷冰冰的，灯都没开。白青山大喊着："三爹佬，三爹佬！"越过堂屋直往昏暗的厨房里闯，迎头撞到一个黑咕隆咚的东西，定睛一看：一双暴突出的眼睛正瞪着他，一条长长的舌头垂下来，正好舔到白青山脸上。

白青山一下子魂飞魄散，他本能地长啸一声，那声音仿佛要把他的身体撕裂；喊完他卡顿了一下，直愣愣瞪着兰展春的爸的眼睛和舌头，定定地看了十几秒，然后再次发出一声长啸，后退着就往门外跑。但是门边却横出一张凳子，一下子把他绊倒，那只受伤的山鸡也从他手中挣脱，在厅屋里扑棱着翅膀。

白青山连滚带爬好不容易爬过门槛，出门时又把台阶上的背篓撞倒——红里透黄的红薯从篓子里滚出来，撵着白青山的脚后跟，咕噜噜滚了一地，再次把白青山结结实实地摔倒在石板路上。

“三爹佬死了！”“三爹佬死了！”白青山从红薯堆中爬出来，疯了般在村庄狂奔。

“三爹佬死了！”“三爹佬死了！”白青山跌跌撞撞，边跑边喊，连带着又摔了两跤。

于是这个暮色四合的黄昏，整个村庄和山谷，都回荡着白青山尖厉的声音：“三爹佬死了！”“三爹佬死了！”

白青山失魂落魄的声音，在轻微骚动的黄昏中，显得异常地刺耳，也异常地单薄。听到的狗和人慢悠悠走出自家的腰门，试图弄明白到底发生了什么；兰展春也在这时提着旅行包，一瘸一拐地出现村口的桂花树下。这个离家两年的瘦小青年，一路上看着家乡的房屋和田地，不断发出幸福的叹息和感慨，他的脸上挂着急不可耐的笑容，他做梦也没有想到，他的父亲会以这样的方式迎接他的归来。

兰展春家的门口，那一地的红薯差点让一个路人滑倒；兰展春家的堂屋里，那只山鸡颤动着无力的翅膀，终于咽下了最后一口气。

白青山的嘶喊传来时，兰展春正在村口的桂花树下弹着裤子上的浮灰。出去的头一年，碰到工厂倒闭，发不出工资，他们身无分文，是在工厂附近一个地下通道过的年。后来他们换了一个厂，辛辛苦苦干了一年多，这才终于攒足了回家的路费。兰展春这次独自一个人回来，他是想告诉他爸他再也不走了，他想陪着他爸在村子里老死，可是他这些话还没来得及说，他爸却在他回来这一刻吊死了。

听到白青山的第一声喊时，兰展春以为是这小子作弄他，等他终于听明白不是开玩笑，他开始踮着脚朝村子里跑。可兰展春一个脚高一个脚低，还提着一个大大的旅行包，因此怎么也跑不快，等他跑进屋里的时候，他家里已经聚了好几个人。这些人乍一看见兰展春，不知道是该笑着招呼好，还是该沉着脸把吊着的那个先放下来，最后他们先勉强地笑一下，然后才手忙脚乱地扶起凳子，爬到高处去解绳子。

对于他爸的死，兰展春的愤怒多过悲痛，他觉得他爸是在咒他。他本来是应该哭的，但是他却把包一扔，跳着脚破口大骂："你这老不死的，你什么时候不死，偏偏这个时候死！""你怎么死不好，偏偏要吊死在我的面前，你就那么恨我，你就那么咒我，你这老不死的，你死呀！"兰展春腿脚不方便，也跳不高，他就这么跳着骂，骂着跳，跳着跳着，就见他爸已经被放倒在地上，兰展春又矬下身子，坐到地上坐到他爸的身边继续骂。

有两个人去扶兰展春，扶兰展春的人说：“老弟，你爸已经过了，一起想想后事怎么办吧。”兰展春没有听到，他想起他的旅行包，然后挪着身子找他的包，这时不知是谁把他的包递了过来，兰展春一把抢过来，拉开拉链，一件件把里面的东西往外掏，掏一件扔他爸身边一件：“你个老不死的，这是给你买的保暖衣，这是给你买的保暖裤，这是保暖帽，这是保暖袜子，这是一百多块的酒，这是你从没抽过的过滤嘴烟，这是给你买的收音机……你这个老不死的，你死得真是时候，你怎么就不能再等一等，你就那么恨我？”兰展春掏完这些东西，蹲在他爸的身边，默默地看着他爸变形的脸，然后在衣服上蹭了蹭双手，开始把他爸伸出来的舌头往嘴里塞，可是塞了好久也塞不进去，他便又用手去合他爸突出来的眼睛，合了几下，他爸才终于把眼睛合上，接着兰展春又来塞那根舌头，塞着塞着，他终于“哇”地哭出声来……

兰展春给他爸换上了从广东买回来的保暖衣、保暖裤、保暖帽和保暖袜子，然后把烟酒和收音机也都摆到了灵堂前；白青山把他套到的那只山鸡，整只煮好用大碗盛着也放在了旁边，白青山说：“这只山鸡给三爹佬送酒喝。”

兰展春把他爸的丧事办得很隆重。虽然说是吊死的，但怎么也是死在自己家里，并且也到了该死的年岁，因此并没有太多的忌讳。因为临近除夕，外面打工的人大多回到了村里，也不缺干活和抬棺的人。兰展春把他这几年挣到的钱，再加上他几个姐姐凑的份子，全部用来给他爸办这场白喜，把周边村庄的人全请了。另外又专门从镇上请了支表演队，在他家门前搭了个丧棚，足足唱了三天三夜的《送战友》《十送红军》和《送别》。

村庄好久没有这么大办宴席了，邻里亲朋都送来祭帐。从屋顶垂到墙根的长长的祭帐布，蓝的灰的红的，从正屋一直挂到门外，挂到偏屋，挂满了兰展春家的房子。参加葬礼的人，全都欢天喜地，各得其所：年纪大的对歌哭丧，年龄小的吃肉吃糖，年纪壮的喝酒猜拳，年纪轻的赌博行令……整个村庄，因为这趟丧事足足热闹了好几天。

兰展春的爸出门那天，整族的孝子孝孙都来相送，孝男负责举白幡，孝女负责大声哭，长长的送葬队伍，逶迤了好几里地。那天抬棺的年轻人喊着号子，兴奋地推来搡去，兰展春抱着牌位，他的腿脚不好，抬棺人每一次推搡，他就得下跪撒纸。队伍跨过小河，沿着兰展春的爸走过无数次的田野，热热闹闹地向老人早就选好的墓地走去，一路上白幡飘动，平时抬腿就能走到的墓地，这次推推搡搡走了两个多小时。

大家都说，兰展春的爸是怕死时没人收尸，才赶在兰展春回来的时候死的。兰展春的爸知道这天兰展春会回来，所以这天应该是兰展春的爸欢喜的日子，兰展春的爸是在欢喜中死去的，所以他的死应该是喜事。

只有一件事，让兰展春的爸死了都不能称心：他的墓穴挖到一米左右，远处伸过来一根竹根，死死地把泥土蚶结住，挖穴人把竹根和泥掏出来，却见下面是一个平展开来的大石头——兰展春的爸费尽心机，最后还是被石头克了，这也是命。几个人只能放了串鞭炮，在旁边另找了一处地方，这里虽然也能看见村庄和田野，却没有了可以避雨和靠背的石檐。

见过那次丧事的人，无不为之动容；见过那次丧事的人，都说恐怕村庄再也见不到这么隆重正规的葬礼了。一些老人甚至有些羡慕兰展春的爸，他们都说这爹佬真会死啊，死得真热闹啊，老人们说完之后，看着眼前黑黢黢的大山，开始思想自己正在老去的一生。

当送葬的队伍迤逦向墓地的时候，梅花 9 正站在高高的山岗上。

青河的水正在枯竭，那一丛丛的芭芒草，和河石一起裸露在河边，这条被村庄遗忘的河流，正沉默无声地穿过田野，穿过山谷，消失于山石之中。看着蚁行的队伍被大山吞没，然后又时不时地吐一些出来，梅花 9 挥了挥手，悄悄地离开了山岗。

少年魔术师转过身来，红桃 A 正站在他的身后。

“我知道少了谁。”红桃 A 说。

魔术师的脸红了，他端正地坐好，目光热切地看着红桃 A，示意她坐在旁边的草坪上。但是红桃 A 不买账，她面有怒意：“为什么总躲着我？”她噘起了嘴。红桃 A 一向内敛，可面对魔术师，她就不能像平常的她。

“你不觉得那个水罐的形状很好看吗？”魔术师看着那些快活的扑克们，再次示意红桃 A 坐下来。

“水罐里没有水。水罐里有一条鱼。”红桃 A 任性地看着魔术师，开始脱自己的红色外衣，她丰满的身体像一条游动的鱼。“你亲我。”她蛮横地对魔术师说。

魔术师脸又红了，他大声地朝远处的黑桃 4 喊：“去看看水罐里的那条鱼。”黑桃 4 转身跑向树林，一条河流从他的身边流过，那里的鱼在快活地游着，可是黑桃 4 却看不见。

“你带我走。”红桃 A 对魔术师说，她的身体不受控制地向魔术师弯曲，魔术师闭上眼睛，两座美丽的山峰，在丰腴的大地上若隐若现，黑桃 4 正走在山间的小路上。魔术师挥了一下魔术棒，远处的那条河流穿过山谷，流到了他和红桃 A 的面前，魔术师于是给红桃 A 讲了一个故事——

“有一群人，他们一直生活在上国，生活在流淌的河流旁边。他们喝河里的水，吃河边山谷中的果子；他们用草织席、用木头建房子；他们会种很多的花，还给那些花起名字；他们让河流汇聚成湖，然后把湖水磨成光滑的镜子；他们在镜面上跳一种很好看的舞蹈，那种舞以星光作背景，他们把那种舞叫作星舞。”魔术师说：“随着镜面越来越平滑，人们对星舞越来越迷恋，到了最后，人们甚至荒芜了耕作，以至于河流干涸，草木枯竭，上国的国王不得不收回他们的魔法。这些人因此被放逐到下国，开始了他们终生找水的命运。”

“可是我爱你。”红桃 A 不顾羞耻地说。

“6 张底牌，都有着一个共同的使命。”魔术师站起来，他屁股下面的 6 张牌不见了。魔术师挥挥魔术棒，轻轻地弹了一下手指，天空飘下彩虹般的雨雾。“我们做游戏吧。”他对红桃 A 说。不远的地方，黑桃和梅花们在喝酒，一群方块在嘻嘻哈哈地打闹。

魔术师不喜欢这种被爱情绑架的感觉。

“他们肯定到过很多的地方，看过很多的高山与河流。我想做一条河流。”红桃 A 突然扑过来，抢过魔术师手上的魔术棒。

少年看着红桃 A，什么话也说不出来。红桃 A 回身妩媚地笑了一下，驾着眼前这条明快的河流，缓缓地飘向遥远，飘成白雾；她红色的衣衫变成一片云，轻轻地悬浮在她的身体上。

红桃 A 不知道，世界上所有的河，其实都是同一条河；红桃 A 更不知道，在河流的旁边，还有一个寂静的村庄 ——河水长流，村庄不腐。

15. 逆着河流归来

三岁的兰草坐在河边的石头上，百无聊赖地抠着脚丫，一会儿看看天空的云，一会儿看看停在高压线上的鸟。兰春玉老婆在河里洗衣服，这两年村庄附近的河段，一到旱季水就枯竭，没有打井的人家，只能到更远的河段来洗。

兰春玉老婆埋头在一堆脏衣服上，时不时冲着岸上喊："兰草！兰草！"兰草便应和："婆，兰草在。"有时兰草懒得答话，或者流水和捣衣服的声音，盖住了兰春玉老婆的耳朵，兰春玉老婆便直起腰，把头伸出来："兰草，婆叫你你要应啊！""兰草，婆给你买的灯盏馍好不好吃？""兰草，下回要不要婆带你去赶圩？"兰草便答："婆，我在。""婆，兰草乖。""婆，我想吃灯盏馍……"

就在这祖孙二人一问一答的当儿，白青山提了只麟甲，兴冲冲从山上下来。白青山腰间别着一把柴刀，刀柄和刀匣子在他屁股后哐啷啷响着。远远见兰草自个儿坐在路边，白青山便问："你在这干吗？谁带你来的？"

兰草也看见了白青山，可她的关注点却是白青山手上的鳞甲。她从石头上爬下来，颠儿颠儿地朝白青山跑："这是什么呀？表哥，这是什么呀？"兰草的妈兰志霞跟白青山的妈兰继芬是堂姐妹，所以兰草叫白青山表哥。

"别动啊，咬人的。"白青山吓唬道，他停在兰草面前，再次问她："你来这里干什么？你婆不带你？"说着眼睛四处溜了一遍。

"婆！婆！"兰草盯着白青山手上的猎物，大声地喊她外婆。兰春玉老婆已经听到白青山的声音，她从河里直起身，一手撑着腰，一手捶着后背，笑着问："哟，青山又打了什么呀？"

"天太热了，这鳞甲跑出来透气，翻着肚皮在路边睡觉，被我逮个正着。"白青山把鳞甲举高了一些，好让兰春玉老婆看到。

"就在路边？"兰春玉老婆追问了一句。

"嗯，鳞甲看见路面光光的，不知道是人走的路，就睡上面了。"白青山淡淡地说。

"至少可以卖几十块钱呢。"兰春玉老婆有些嫉妒，站着望了一会儿，不知道又咕哝了些什么，然后蹲下身继续洗她的衣服去了。

"表哥，你说它真的会咬人吗？"兰草伸出小手，碰了碰那堆死了似的鳞片，这活物突然动了一下，吓得兰草往后一仰，差点摔倒。

白青山哈哈大笑，好不容易收住笑，眼睛一转说："你要听表哥的话，它就不咬你。"

兰草认真地问白青山："真的呀，那我听话。"

白青山看了看左右无人，低低凑近兰草的耳朵，狡黠地说：“你长大了做我老婆。”

兰草不太明白什么意思，她定定地看着白青山，想了想问：“做你老婆它就不咬我了吗？”白青山坏笑着点了点头。兰草于是说：“那好吧，你带我去找我妈。”

白青山问：“找你哪个妈？”

“我有两个妈。”兰草说，“一个叫兰志霞，一个叫兰志玲。”

“你志霞妈在外面做鸡，你志玲妈早死了。”白青山话音刚落，兰春玉老婆正好洗完衣服，站起身往岸上走来。白青山赶紧提起他的猎物，脚底抹油般溜了，他的身后，传来兰草稚气的声音，“为什么做鸡？表哥我可以做鸡吗？”

白青山已经不读书了。

读书有什么意思呢？那个语文老师，说话像拉风箱一样，嗡嗡嗡的，特别烦人；英语老师是个女人，每天就只盯着学习好的那几个同学；数学老师就更讨厌，不仅背地里给几位学生开小灶，还动不动突袭测验，然后叫学习差的同学回家叫家长。白青山每天坐在教室里，看着那些无聊的课本，死的心都有，因此这年开学，拿着他妈兰继芬给他的报名费，坐汽车到县城逛了一圈，买了把打鸟的气枪，吃了一碗叉烧米粉，然后大摇大摆地回来了。

白青山不读书，他爸白庆国也是一个重要原因。

兰展春从广东回村后，第二年兰志和也回来了，兰志和没挣到什么钱，不过却带回个河南籍贯的女人——这样一个山旮旯，有谁愿意嫁进来呢？因此兰仲春一家，总体还是高兴的。这样还在广东的就剩下了白庆国、黄明和李斌三人。

没有了兰展春和兰志和，负责给村庄写信的，就换成了白青山的爸白庆国。白庆国文化不高，信写得不长，但每回都叮嘱白青山好好学习，还总忘不了给白青山写几个警句，比如“人生就像一本书，出生是封面，死亡是封底，内容要靠自己填！”“人不光是靠他生来就拥有的一切，而是靠他从学习中所得到的一切来造就自己！”“人的天才只是火花，要想使它变成熊熊火焰，只有学习！学习！！学习！！！”白庆国喜欢用惊叹号，有时一用就好几个，这搞得白青山非常恼火，他爸的信一送到，他就躲到外面去，一次他妈兰继芬执意要他看信，白青山火了，对他妈吼道：“我偏偏不上学，让他白庆国写写写！”

这样白青山就真的辍学了。

对此兰继芬嘴上在骂，心里却是欢喜的，但是兰继芬却不敢写信告诉白庆国。以前白庆国每次回家，总跟兰继芬说要把白青山培养成有出息的人，到大城市，当大官，赚大钱，不仅光宗耀祖，还要把他们两老接到外边享清福。白庆国勾画的前景非常美好，有时把兰继芬说得心潮澎湃，可是兰继芬却看不见那大城市、大官和大钱具体在哪里，更看不见这些东西跟他们家有什么关系，所以每次激动过后，兰继芬仍然该喂猪喂猪，该下地下地；这几年白庆国时不时寄些钱回来，但也远远没到大钱的地步，兰继芬就更觉得那大官和大钱遥不可及。

再加上这几年里，都是白青山陪着兰继芬，身边的这个儿子，远比她老公更让她觉得安全踏实。兰继芬自己也没念过什么书，平平安安三十多年，不也过得挺好吗！兰继芬真的不知道如果白青山留在家里干活，读不读书、读多少书有什么关系。

白青山就这样辍学在家。平时帮他妈干点农活，偶尔打只野鸡野兔回来。白青山的枪打得好，经常有人来邀他去打鸟，这时白青山就会跟这个人消失一两天，重新回来的时候，有时会提着一两只野物，有时直接把卖山货的钱给他妈。有一天，白青山不知道从哪里带回来只小狗，小狗的眼神模样跟那只死去的猫很有些相似，白青山于是给小狗取名老六，跟那只死去的猫同名。

白青山不读书了，村庄的好几个孩子也都不读书了。

白青山不读书，是因为他不想读，其他孩子不上学，则是因为他们不能读。去年秋季学期，红源小学也被撤销了，学生全部合并到镇上去。而去镇上上学，不仅要租房子，小点儿的孩子还得专门腾出人去照顾，因此村民的一些女孩，家里直接就不让读了。

红源小学撤了，那和西老师呢？他也被调到镇小学了吗？村民突然想起他们的和西老师来，想起和西的时候，村民才觉得时间又过去了好多年。

但是村民无法得知和西去了哪儿，见到白青山的时候他们会问一句：“白青山，和西老师在红源，还是去镇上了？”白青山也不正面回答，冷不丁扔一句：“他在红源干什么？”那人又问：“那他去镇小学了？”白青山答：“不知道。”

白青山确实不知道。白青山不跟和西在一起已经很久了，红源小学撤销的时候，白青山还在镇上念初中，白青山曾经想过去找和西，可是镇上有两所小学，一个在南城一个在北城，白青山不知道和西是在南边还是在北边。

有一天白青山旷了课，鬼使神差就走到了南城的小学。白青山站在院子中央一棵大榕树下，那一刻他是那么想念和西。院子里空荡荡的，老师和学生都在上课，只有一个抱着大口盅的小女孩坐在水泥凳上，目光慵懒地望着其中一间教室。于是白青山便也在榕树光滑的树根上坐下。

下课铃终于响起，学生们一窝蜂涌出教室，白青山不自觉地站起来，眼睛不错地盯着每个门口，希望能在这些人中见到他的和西老师。可是直到教室里的人都走光了，仍然没有他要找的人。白青山很想找个人去问一下，却不知道如何开口。

几米远的水泥凳上，刚才的小女孩正把口盅递给她的弟弟。小男孩掀开盖子，狼吞虎咽地大吃起来，女孩一边看着一边咽口水。口盅里有一个鸡腿，男孩咬了几口，骨头上还有一些肉，他想了想，递给了姐姐。鸡腿和饭的香味，让白青山想起几年前跟和西烤竹筒饭、烤红薯的事，他咧开嘴笑了笑，突然觉得自己有些饿了……

白青山也曾经去过北城的学校，他同样没有找到和西，或者说他根本就没有找。在白青山的意识里，他好像没有找过什么人，也不知道该怎么去找一个人。他生命里出现的人，都自然地存在那里，从来不需要他去找，待到需要他去找的时候，这个人其实已经不在了。

白青山真的不知道和西在哪里。

然而和西却在这时候出现在青河村。

和西是逆着河流而上的。那天清晨，山野里飘荡着一层浓密的白雾，太阳还没有出来，田野里的稻禾和瓜果，也懒洋洋地把头埋进漫天的大雾里，天大亮了都不肯醒来。兰春玉趿双破凉鞋，背着兰草，两人有一搭没一搭地说着话，往河坝去看田水。

这两年河水总是很少，再加上上游村庄时常拦水，弄得青河动不动就断流。兰春玉从没想过河里的水是从哪里来的，他只以为这河流以前流得太多，流得太多就会累，也就会有流得少的时候，因此兰春玉只是盼着河流缓过劲来，重新变得丰沛。还好今年兰春玉家只种了几亩水田，并且就在河边，眼看禾苗马上就要抽穗，因此兰春玉每天都要来看一遍田水。

兰草伏在兰春玉的背上，一边跟飞过的蜻蜓和蝴蝶打招呼，一边把她看到的小动物向她外公报告。兰春玉却想着当年水流丰盛的时候，一村民在田里干活的场景——那时兰春玉还年轻，他家的那几亩水田，是生产队收成最好的，谷子也是最为饱满的。兰春玉回忆着他年轻的时光，并把这些时光讲给背上的兰草听。祖孙二人各说各话，自得其乐，一路上热热闹闹的。

走到兰展春屋后的田埂上时，兰草突然在兰春玉的背上挣了一下，并把腰挺起来说："有一只蚂蚁。"兰春玉还在想他的事情，没注意兰草说什么，小声呵斥道："别乱动，会摔下来的！"兰草有些委屈，她提高嗓门，又说了一遍："公，有一只蚂蚁。"

兰春玉终于反应过来："有蚂蚁？蚂蚁在哪儿？"兰春玉赶紧蹲下身，把兰草从背上放下来。邻村有个小孩，一天到晚喊肚子

这几年来，村庄的人少了好多，每一个路过村庄的人都显得金贵；每一朵路过村庄的云，每一阵路过村庄的风，每一只路过村庄的飞鸟，都能在村庄这里得到丰厚的礼遇。

疼，后来家人带他去医院，透视镜一照，发现肚子里全是蚂蟥。

可是下到地上的兰草，却看不见那只蚂蚁了。她指着远处，胡乱地喊着：“公，有蚂蚁！”“蚂蚁！”兰春玉顺着兰草的方向看，什么也没看见，他蹲下身子，慌乱地在兰草身上翻找，可是兰草却仍跺着脚不停地喊：“蚂蚁，蚂蚁！”兰春玉心急火燎，他不知道那只蚂蚁到底藏在哪儿。

远处的那只蚂蚁，正慢慢从白雾中浮起来。

“看，蚂蚁！”兰草高兴地跳起来，她又能看见那只蚂蚁了。兰春玉眯起眼睛，再次向远处看去：那只蚂蚁已经越来越大，越来越清晰。

这几年来，村庄的人少了好多，每一个路过村庄的人都显得金贵；每一朵路过村庄的云，每一阵路过村庄的风，每一只路过村庄的飞鸟，都能在村庄这里得到丰厚的礼遇。兰春玉惊奇地盯着和西，他好像不认识和西，又好像在梦里见过，他掐了一把自己，确信没有看错，这才喃喃地自语道：“是和西老师……”

果然是和西。他仍然像以前那样，穿着白色的衬衣，黑色的长裤，他的衣袖和裤腿都被露水打湿了，他的眼睛也是湿漉漉的，他正从消散的白雾中走出来，走向这个遗忘在山野多年的村庄。

兰春玉抱着兰草，一朵笑容停滞在他的脸上，他定定地立在田埂上，一直看着和西，直到和西走到近前。

和西从兰春玉身边走过的时候，兰草从兰春玉怀里探出头来，轻轻说了句：“大蚂蚁。”和西笑了，他看了看兰草，用同样湿漉漉的声音说：“河水已经干涸了。”

当和西从黄老培家出来的时候，白青山已经从山上飞奔下来，在南山脚下的废墟前等着和西，身后跟着他家那只叫作老六的小狗。

太阳升起来了，村庄其他的狗也跑了出来。狗们围着和西，看着天上的太阳，不断地交换着看法；年轻的狗忙着在和西身上留下味道，年老的狗则伸着鼻子，努力去嗅和西身上曾经熟悉的气息。

那一天，白青山一直跟在和西屁股后面。他帮着和西，先是把井台周围的杂物搬开，然后把落在井里的枯枝、树叶、泥沙和石块，一点点往上打捞。有一根树枝，不知怎么卡在了井里，怎么也弄不出来，白青山找来根绳子，一头绑在腰上，一头拴在旁边的桂花树上，沿着井壁就往下出溜。

白青山清晰地记得，在这口井里，有一片金黄的田野，田野中有一些衣着奇特的人，梅花 9 带着白青山的黑猫，就在田野上悠闲地散步……白青山想，或许今天他能够再次看见那片田野，看见他的黑猫老六。

白青山踩着又厚又腻又滑的苔藓，一步步往下滑，他不再谦让头顶的阳光，他知道这阳光永远也照不到井底下，他小心地滑到水面上方，停在那儿看了好一会儿，可是水底除了黑黢黢隐约浮动的苔藓，他什么也没有看到。白青山发了好一会儿呆，这时候他听到了和西唤他的声音，还有头顶上狗的叫声，他这才想起他是下来清理树枝的。

白青山从井底爬上来的时候，和西盯着他看了好几秒钟。白青山什么也没说，只疲惫地仰面摊开在草坪上，看着天上的太阳，自己跟自己傻笑。小狗老六甩着短短的尾巴，绕着白青山不停地转着，直到白青山终于被阳光刺得闭上眼睛。

躺了一会儿后，白青山又爬起来，开始清理房子周边的杂草。他用一把锋利的镰刀，先把杂草割掉，然后找来一把铲子，把草根也铲起来，摊在地上。房子周边主要是茅草，但不知哪里来的几棵芭芒草，竟然也在旁边生了根，并且长得高大结实。芭芒草的叶片又大又锋利，叶面上还附着灰白色的毛刺，白青山的手不小心被拉了个口子，他把手指放到嘴里用力一吮，手指便干净了，可是不一会儿，又有血从伤口处涌出来，他便又放到嘴里吮一下。一旁的和西看见了，他从口袋里掏出条青色的手帕，哧地撕下了一小条，还没让白青山看明白，就帮白青山包扎好了。白青山看着扎成一朵花的伤口，羞涩地笑了，然后埋头继续割下一丛芭芒。

清理到教室断墙上的那几棵草时，和西站住了。当年和西还在的时候，这几棵草就已经有了，和西认得它们，于是和西想了想说："留着它吧。"白青山就留下那几棵草，并找了几块泥砖，把这几棵草围得更严实些，免得风把它们吹走。

白青山干得很着急，好像恨不得一天之内让一所倒了的房子，在天黑前就立起来，晚上就可以住进去似的。他干得满头是汗，呼哧呼哧地喘着粗气。他的狗时不时伸出舌头，舔一下他的脸。白青山笑一下，看一眼狗，看一眼和西，什么也不说，又乐此不疲地干起来。

当杂草全部被放倒的时候，那几堵断墙终于裸露在阳光之下。

这实在已经不能叫作房子了：屋子的梁柱早就被人拖走了，瓦片也被拿去盖了鸡栏鸭栏，一些用不着的断瓦，零星地散在草丛中，只有那几截泥墙，提示着这里曾经有人住过。和西站在残墙前，默默地看着这一切，这时候他看见西侧的墙根，有一堆被筛子筛过似的细泥，几只蚂蚁头顶着白色的食物，匆忙而慌乱地走着；和西蹲下来，看着这几只蚂蚁，回身望了一下白青山，白青山也正看着和西……

16. 白庆国的光辉事迹

村民帮着和西，在原来的地基上重新垒了两间房子，还加盖了一个阁楼；白青山又顺着房子两端，砌出来两三米的石墙，这样就形成一个半围合的小院。当和西的房子收拾起来的时候，村庄一下子亮了很多。村庄就是这样，有的时候多一个人，一间房，一棵树，就会精神许多。

村民想方设法往外走，和西却想方设法地回来。和西在村庄没有一亩田，一间房，一片瓦，村民不知道和西回来做什么。不知道，村民也懒得问，他们早就跟和西达成了一种默契，他们自觉地跟和西保持着距离，就像河流和村庄一样，互相注视，却从不干涉。

每天早上，村民看见太阳都已经晒屁股了，和西才蹲在门口的井边刷牙。和西刷得很慢，很细致，好像在做一件重大的事情，白色的泡沫从他嘴里长出来，细密而均匀，他低眉注视着那些泡沫，让它们越长越大，最后才用水把它们冲掉。

和西的时间跟村民不一样。村里人黎明起来，就直接下田，屋里留一个人，先把米饭煮了，闷在灶上，到地里摘一把青菜几棵葱苗，河里洗干净，回来后先热潲水喂猪，猪吃饱了，才能想人的事，才开始切菜、放油、下锅；等到菜端上桌的时候，大概十点多光景，田地里的人也就回来了。吃早饭的时候，会互相串个门，拉个小凳坐在腰门边，或者坐在门口的石条上，聊一聊村庄的事，说一说地里的活，然后扛着锄头铁锹，才又下地干活。这几年村里的活突然变少了，太阳毒的时候，村民就找个能在阴凉的地方做的事情来干，或者索性闲在家里，总之他们在悠闲中，学会了顺着日子往前过。

和西却不同，他的日子好像总比别人慢。村民吃饭的时候，他才起床，等到别人都下地或者午休了，他才会坐在饭桌前，慢慢吃一天的第一顿饭。和西吃饭也是有讲究的，和西的饭都是自己煮，他有一个不大的高压锅，以前锅头直接架在柴火上，这次他请人从镇上弄了个煤气罐回来，一罐气能用好几个月；每餐他抓一把米，往锅里一撒，然后就坐在煤气灶前，听锅里的水和米的声音，看见气嘴冒了好一会儿气，才把火慢慢拧小，闷一会儿后把火熄掉。

和西不太吃肉，他到村庄的菜地里转一圈，看见什么喜欢的，就摘回来煮，然后每个月跟村民结一次账，整个村庄的菜地都像是他一个人的。和西洗菜很精细，他从井里把水打上来，放到一个瓷盆里，一根根地择，一片片地捋，一把菜要洗很多遍，洗完后整齐地码在旁边，再洗下一种菜。

即使是一把青菜，和西也能做出几种花样来，然后盛在素净的碗碟里。有时他还配上一朵野菊、几枚茉莉，经他这么一收拾，这样一碟普通的菜，也就有了生命。把这些都侍弄好了，和西才会把菜端上白木小桌，细心地摆放好，然后盛一碗饭，安静地吃起来。

和西吃饭也很慢，一口一口地往嘴里送，每一口都有数，吃到差不多的时候，他就停下筷子，不多吃，也不少吃。吃完后用井水漱一下口，然后捧着茶杯，在门口看一会儿田里的庄稼，再回屋去开始他一天的工作，这时候村里人一般已经到了吃晌午的时候。

可是和西的工作是什么呢？看书？写字？或者什么也不做？反正没人看见和西做过什么像样的活，就知道和西大白天窝在屋里，直到天傍黑了，才又开始侍弄另一餐饭。

一次有个走夜路的人，发现和西在全村民都睡了的时候，独自在田野里游逛。起先他远远地看见一个黑影，还以为又碰到鬼了，赶紧加快脚步往前赶，后来见那黑影也没跟上来，才壮了胆子迎上去看，这才发现是和西。村里人于是说："怪不得和西每天都起那么晚。"

和西是一个奇怪的人。从十几年前来到村庄，他就跟别人不一样。可是这种奇怪有什么不好呢？和西本来就是城里人，城里人跟村民怎么能够一样呢？因此在某种程度上，村庄培育着和西的奇怪，并且纵容这奇怪不断地发展，这样，村庄才能跟别的村庄不一样，村庄的人也才能跟其他村庄的人有所区别。

和西的归来，使白青山的辍学，变得更加理直气壮。

白青山去过县城，说老实话，县城除了路宽一点，楼高一点，他真没觉得县城有什么好。县城有鸟可以随便打吗？县城有果可以随便摘吗？县城有山可以随便跑吗？县城的人那么多，他们挤在一小块地方，却谁也不关心谁。白青山在县城搭汽车的时候，曾看见车站的长椅上躺着个人，地上一堆又脏又臭的呕吐物，旁边的人挤来挤去，急急忙忙慌慌张张的，都绕着这堆呕吐物走，好像要赶去哪里投胎一样，没有任何人停下来，问一下躺着的人死了还是活着。

白青山不喜欢这种被时间赶着的感觉，他喜欢支使时间，喜欢让时间到哪里它就到哪里。白青山始终想不明白，他爸白庆国那么多年为什么老往外面跑，为什么他自己跑不算，还要拉着村民一起往外面跑？

白青山不见他爸已经好多年了，他甚至有点记不起他爸长得什么样。不过白青山无所谓，他不喜欢他爸，他觉得他爸真不像他爸，他爸呼呼喳喳毛里毛糙的，一点都不成熟，尤其是他爸那些满是惊叹号的信，白青山觉得简直是幼稚。有一天他爸知道白青山已经不上学，不知道要跳得多高，想到这一点，白青山就觉得开心。要不是白青山总在半夜听到他妈兰继芬在哭，他真希望他爸永远不要回来。

但白青山的爸白庆国还是回来了。

白庆国这次回来，是被抬着回来的。抬白庆国的有同村的黄明，有邻村的李斌，另外还有两个白青山不认识的人。据说他们是抬着白庆国，从广东坐火车到了市里，从市里坐汽车经过县城回到镇上，然后又在镇上扎了像模像样的担架，才一步步把白庆国从山路上抬回来的；还据说他们一路上引来很多人围观，有好心人给他们提供方便，有不相干的人嘲笑他们，更多的人则是冷眼旁观，甚至还有媒体记者跟着采访……总之这次白庆国一行人出尽了风头，以至于即使是躺倒在担架上，白庆国都要对来看望的人说：值了！

白庆国脑子是清醒的，他也还能说话，他只是腿断了。

腿断了有什么关系啊？白庆国已经在广东的大医院接上了，养一段时间，还是一条好汉。白庆国觉得自己像一个英雄，他虽然腿断了，可是他已经凯旋，他怕什么？政府都支持他，那个欠他们薪水的老板，不是把钱都还上了吗？！因此白庆国才在床上躺了一天，刚刚适应完他家的床褥，就让兰继芬扶着，坐在门口通风的台阶上，跟村民讲述他白庆国这几年的光辉事迹。

“你们记得吗，那一年亚洲金融危机？”白庆国一开场就抛出个大话题，并在这里停顿了一下，眼睛看着听讲的人。白庆国并不指望村民真的知道什么是金融危机，他只是想起个调子，把话定得高一点。这时村民就想：金融危机？好像在哪里听过的，对了，是不是当年白庆柱的那个金融危机？那一次影响有点大，白庆柱家的白启军、白启功和白启花都受影响回来了。白庆国不知道白庆柱家的这一节，他不好评价，就说：“反正那一次金融危机对国家的影响很大，商店的东西都卖不出去，很多的厂都关门倒闭了，我们那个厂的厂长缺德，卷了钱跑到国外，我们一年的工钱都没结。”白庆国说到这儿，又停顿了一下。于是听的人慢慢地回忆起那年春节，好像兰展春还给他爸写过一封信来着。

“知道我这几年为什么不回家吗？”白庆国抛出第二个问句，“我就不信这龟孙跑了不回来，他能在国外待一辈子？他就不想回家看看？我就是要守着他，为兄弟们把血汗钱要回来。君子报仇十年不晚，我守了他差不多五年！这不，把钱要回来了，连展春和志和的钱也要回来了！”白庆国得意地说。

于是从白庆国的话里，大家大概听明白了是怎么回事：这几年里，白庆国一直守在东莞没离开，一直就在那家厂的附近打工，直到那个卷款出逃的厂长从国外回来。回国后的厂长，在深圳又开了一家更大的公司，他早就忘了当初欠下的民工工钱，或者就是记得，也故意装成忘了。当白庆国领着几个兄弟，把厂长堵在他的新公司时，厂长死活不肯认账；白庆国拿出当年厂里打的白条，上面白纸黑字有厂长的亲笔签名，厂长这才恬不知耻地说：“这点钱你们还追得那么紧，兄弟，我这几年也不好过啊！”白庆国没有办法，就领着人上了厂长新公司的楼顶。

其实那天白庆国没想上楼顶的，可话赶话就上去了，上去了就下不来了。

那天风很大，报纸电视都在说一个什么台风要来，这个台风的名字很好听，所有台风的名字都很好听。白庆国一条腿骑在楼顶围栏上，他死死地抓着栏杆，直感觉有人拽着他的头发往上提，白庆国的头发已经不多，他很怕他不多的那些头发被连根拔掉。呼呼的风里，白庆国的白衬衣也呼呼地招呼着，把他肚子上的肉露出来。

这时厂长已经躲了起来，厂长公司的几个人在劝说白庆国们冷静。白庆国有些欲罢不能，也有些害怕，台风很快就要来了，这台风来得真不是时候，如果在台风到来前拿不到钱，那他们这一招就彻底失灵。白庆国在心里不停地盘算：如果厂长一直不给他钱，他要怎么收场才好，难道还真的要往下跳?！

李斌和黄明没见过这种阵势。李斌虽说当过兵，也睡过别人的老婆，可是这种不要命的事还真不敢干。黄明是个老实人，看着老大白庆国舍生取义的样子，他很受感动，可他活了二十多年连女人都没碰过，他实在舍不得再往前站。这二人站在围栏里面，进也不是退也不是，白庆国用力地朝他们使眼色，黄明这才心领神会。别看黄明平时老实，脑子可活络得很，他把衣服一脱，铺开来用双脚踩在地下，闭上眼睛咬破手指，就开始在衣服上写字。可是手指上的血很快凝住，黄明只得再咬，这样每次都痛得龇牙咧嘴；李斌见状也来帮忙，两人费了好大的劲，才用两个人的血，写完“还钱”两字。

接下来，李斌和黄明就举着那两个血字，在楼顶不停地挥动，很有大领导的派头。白庆国骑在栏杆上，手脚不敢乱动，就冲楼下大喊大叫，三个人鼓捣了好一会儿，终于惊动了路人，这才陆续有人仰脖朝楼上观望。

活该白庆国们运气好，正好一个记者路过，这个记者本来是要报道台风的，却无意间拍下了这惊心动魄的一幕。

后来警察也来了，警察是因为台风来维持秩序的，却被白庆国们的壮举吸引过来。接下来再来的就是消防员，一阵汽笛之后，又是拉网又是铺气垫的，那个厂长也被吓住了，乖乖地找了代表过来谈判，直到厂长拿着一沓钱放在白庆国面前。

苦守五年，终于看到钱的白庆国，已经忘记他在楼上吹了两个多小时，他骑在栏杆上的腿已经不听使唤——就在白庆国准备鸣金收兵之际，一阵风从地下突然吹起，白庆国身体失去控制，轻飘飘从楼顶被掀了下来。

白庆国一头扎进了那厚厚的气垫里，白庆国说："像扎进女人的奶子里一样，真他妈舒服。"白庆国说被掀下来的那一刻，他闭上眼睛，以为这回死定了，到了地上，才发现那楼只有六层高。

白庆国掉到气垫上后，突然发现自己动弹不了。他低头掰了下双腿，发现他的左腿像是安装在身上的假肢一样，可以随意甩动，脚踝上的一块肉，已经被半空中伸出来的树枝完全刮掉。

白庆国马上就被呼啸而来的救护车送进了医院，他的照片也上了当天的报纸，跟台风报道放在同一个版面。虽然占的位置有点小，但那也是村民第一次上报纸。村民让白庆国把报纸拿来看看，白庆国讪讪地笑着说："不好看，还是不看了吧。"白庆国又说："乡亲们跟着我出去，我怎么能够让大家吃亏呢！"

白庆国不让村民看报纸，但是晚上却偷偷地拿给兰继芬看。

照片上，白庆国只是小小的一个白点，他骑在一栋楼的楼顶，穿着旧得看不清颜色的白衬衣，衣襟被风鼓起来，直往天上翻；他的衣袖是卷着的，稀疏的头发和五官模糊在一起，不仔细看根本看不出是白庆国。白庆国的身后，黄明和李斌露出的头像两个黑点，背景是深圳空无一物的深蓝的天空，如果不加说明，你会以为是哪个抒情的少年，站在摩天的楼顶上壮怀激烈。白庆国解释说："还有风，风看不见。"白庆国又说："好险，我要是被风吹偏一点，就死了。”

兰继芬在昏暗的电灯下，举着报纸仔细地瞧，瞧着瞧着眼泪就流出来了。

白青山也看到了那张报纸，那是兰继芬拿给他看的。

那天白青山草草吃过早饭，背上柴刀和鸟枪准备进山，兰继芬把他叫住了。那时白庆国还在饭桌上吃饭，白庆国面前放着一小杯烧酒，是兰继芬把白庆国从床上背过来的。兰继芬每天把白庆国背到饭桌前，又背到门口的台阶上，兰继芬从背白庆国的过程中，感受到莫大的快乐和幸福，这种快乐和幸福是她以前没有过的。

这会儿兰继芬正蹲在地上在给白庆国换药。兰继芬把白庆国的裤腿轻轻地撩起来，小心地把脏了的绷带揭开，用棉花蘸着盐水，一点点地给白庆国消毒。这时白庆国夹起一块半肥瘦的猪肉，正准备往嘴里送，被盐水刺激了一下，嘴巴一咧，发出哧的一声，筷子上的肉掉了下来。白庆国放下筷子，低头看了兰继芬一眼，兰继芬有些不好意思，尴尬地笑笑，然后更加小心地做着手上的事。

这时白青山正好从自己的房间出来，他一眼看见他爸的小腿像被削去了一块似的，露出白厉厉的骨头。白庆国回来后，白青山每天早出晚归的，他懒得理白庆国，也懒得理白庆国的事。看到白庆国小腿上的骨头，白青山很不自在，他干咳了两声，迈开腿正要出门，他妈兰继芬把他叫住了，兰继芬说：“你等会儿再走，妈给你看样东西。”白青山就停在门口，逗弄着他的黄狗老六。

兰继芬把白庆国的腿收拾完，擦了擦手进她和白庆国的卧房去了，兰继芬从房间出来的时候，手上就多了两样东西：一张报纸和一张存折。兰继芬把手上的报纸和存折，规规整整地摆在饭桌上，兰继芬对着正在逗狗的白青山说："你来看看，看看你爸这几年在外面有多辛苦。"白青山不敢不看，他回头远远瞥了一眼，就看见了报纸上的那张照片，还有照片上那空旷的天空，兰继芬继续说："你爸给你存了这些钱，将来给你讨老婆用。"

兰继芬还想说什么，这时候白庆国打断了她。白庆国回来这几天，吃饭比以前慢了很多，每一口饭每一夹菜，都要咀嚼很久，因此每天都是他最后一个吃完。白庆国放下滋滋溜溜喝着的小酒，断然地说："书不读就算了，等我好了，和我一起去外面打工。"

白庆国话没说完，兰继芬就愣住了。白青山辍学的事，兰继芬一直觉得愧对白庆国，可是这几天白庆国一直没提，兰继芬也以为事已至此，白庆国已然默认，没想到他骨子里却憋着这么个心思。兰继芬猝不及防。

多年的委屈一下子涌上心头，眼泪也像失去控制的子弹，兰继芬噌地站了起来，指着白庆国的鼻尖就开始控诉："嫁给你十几年了，你总共在家待了几天。老母猪都知道拱窝，你一去几年不回来，你知道我们娘俩是怎么过的？现在你折了断了，我也不嫌弃你，只要你老老实实待在家里，我一辈子都可以侍候你，没想你还藏着那样的黑心烂肺。你要走自己走，你把青山给我留下，你要是敢带他走，我就死给你看……"

兰继芬一把鼻涕一把眼泪的，白庆国也不看兰继芬，自顾自地喝酒吃肉。兰继芬一生气，把报纸和存折都扫到了地下，白青山听不得他妈哭，扔下黄狗老六，走过来捡起地上的东西，轻轻地放在他妈面前，然后清晰地说道："妈你放心，谁爱走谁走。我不走。我养你。"然后看都不看白庆国，背着刀枪转身走了。

白青山的身后，兰继芬的哭声更响亮了。

17. 雨水淋湿的背影

白庆国这回留得有点久。他的腿伤愈合后，总感觉跟以前不太一样，每天都觉得很困，干点活就会累，重活更是干不了。开始白庆国还以为这种状况是暂时的，养养就会好，没事的时候，便别着 BP 机，到兰志和、黄明干活的地方转转，跟他们一起聊聊外面的事情。白庆国觉得只有跟他出去过的人才能懂他，其他人没见过什么世面，白庆国跟他们没有共同语言。

兰志和的河南女人给他生了个女儿，按照政策，可以再生一个，这时候兰志和就犯了难，如果二胎还是女儿怎么办？于是找了算命的瞎子，掐着指头算了半天，才战战兢兢地怀了第二胎。现在兰志和老婆的肚子尖溜溜的，已经四个多月，都说肚子尖生的一定是男孩，兰志和也高兴，就跟白庆国讨论孩子生下来后，兰志和再出去打工的事。

至于黄明，出去几年虽然攒了点钱，但是终究没法带个人回来，多少有些灰心，就跟他爸黄老培商量着，把他家的老房子重新翻修一遍，也算改改风水。黄明这几年在外面见过不少事，于是也拿了几张纸，满屋转着画来画去的，要在他家的新房子里改出城市人的格局。白庆国就给黄明出主意，比如把厕所挪到屋里来，装个冲水的装置，在房子的外墙贴上瓷砖，这样显得更加豪华气派。

白庆国赶圩的时候，也顺便去兰展春那里坐坐。兰展春的爸死后，兰展春在家住了一段时间，半夜里总听他爸回来开门，有时见他爸坐在火塘前，扣他那十几件卡其布的单衣纽扣。兰展春很生气，买了一刀纸钱到他爸坟上烧了，骂了他爸几句，回来后卷起铺盖，到镇上学裁缝去了。活该兰展春有文化，人也活泛，没多久被一个女学员看上，学习结束后两人索性就在镇上开了个裁缝铺子，从此过上了幸福的生活。村庄的几亩田地，好的由兰展春堂哥种了，剩下的几亩一直歇着，白庆国就给他出主意，可以把田地租出去，还可以收一点租子。

白庆国也跟其他从外面回来的人聊天，通过跟这些人交谈，白庆国不仅展示了他的见识，也宣示了他对大城市的主权。白庆国跟人说："过一段我还得出去，深圳的朋友都在等着呢。"言外之意，那个叫深圳的大城市是离不开他的。白庆国还让别人看他的BP机，看BP机里的留言，以此充分证明自己对外面的世界有多重要。

也有人主动来找白庆国，打听去外面打工的事，这些人说，白庆国为了给乡亲讨薪，都敢从楼上往下跳，他们信得过白庆国，想跟白庆国一起出去干，白庆国就更感到自己责任重大。这时候他就会跟兰继芬说："看我说什么，我不出去还不行，我不出去谁带他们？"白庆国也趁机教育白青山："多少人想出去不成，你却自甘落后，不求上进。"这时白青山就满脸怒容，白庆国再说什么，白青山就干脆躲出去了。

兰志和老婆第二胎果然生了个儿子，一家人欢天喜地的，兰志和打算孩子满月后，就把两个孩子留给他爸他妈，他和他老婆再出去打工。黄明家的房子也建起来了，还建了两层楼，因为钱不够，没有贴成瓷砖，但是却用涂料刷得白晃晃的，厕所也移到了屋里。白庆国看到兰志和的儿子和黄明家的房子，突然感觉有些不太舒服，但也不好说什么，就跟人说："看看，他们没白出去打工吧。"白庆国故意没提是自己带他们出去的，他让人家去想。

白庆国容易犯困的毛病，一拖就是大半年。2003 年的 4 月份，白庆国再次出发了。

临走的前几天，白庆国郑重地跟白青山谈了一次话，白庆国说："青山，你也不小了，应该出去见见世面。好男儿志在四方，你看你爸我，从年轻时起，就在外面闯荡，几十年里，你爸什么没见过，什么没吃过，什么没享受过？闯荡过的人生，才是有意义的人生。"

白青山讥讽他爸："你吃过满汉全席吗？"

满汉全席是白青山从和西那里听来的，白庆国听不懂，想了想说："别说是全席，我什么席都吃过。"

白青山在旁边冷笑了一声。白庆国接着说："远的不说，就说咱们村，庆柱伯家里你启军哥他们在外面，日子多红火；还有黄明，你看人家的房子，是全村最漂亮的。将来咱家的房子由你来建，咱要建三层的楼，要贴瓷砖的，要比他们的更漂亮！还有兰志和，出去连老婆都有了。现在你爸我在外面交了不少的朋友，咱有关系，你出去爸给你找更能赚钱的活。"

白青山就抢白说："出去好啊，我舅出去了那么多年，都不回来了！还有兰志霞，都做鸡了！你有关系，你有关系还摔断了腿！”

白庆国控制住没有发火：“我摔断腿怎么啦，我摔断腿还不是为了乡亲们？人应该讲正义，你爸是有正义的人，你知道有多少人佩服你爸？你舅不回来，不回来那是还没有混好，人在外面混好了，肯定就会回来，就像你爸我。”白庆国顿了顿说：“兰志霞在外面做鸡，谁说的？你看见她做鸡了？你怎么没看见她拿了多少钱回来给她爸她妈？你怎么就没看到人家好的一面？兰志霞再怎么不好，也比村里的一些人强，你再看村里的一些人，一辈子到老，都窝在这个山沟沟，有什么出息？有些人连老婆都讨不到……”

白青山打断他爸：“你年轻时倒是在外面混啊，我妈还不是你回村拐的。”

白庆国当即噎住，翻着白眼半天才反应过来，这时他终于火了：“你这个报应崽，反正你得跟我出去，我这都是为你好。”

白青山冷冷地笑道：“你做梦！”然后不理他爸，背着他的鸟枪出去了。

一连几天，白庆国饭前饭后都竭力敲打白青山，白青山软硬不吃，说得急了，干脆就躲出去，弄得白庆国好生气恼，直骂：“这没出息的东西！”兰继芬眼见白庆国要走了，还弄得一家人不快，就劝道：“他不想去就不去，你就别再说他了。”白庆国转回来骂兰继芬：“都是你惯的，这哪像是我白庆国的儿子？这分明是你跟哪个野男人生的。”兰继芬也恼了：“你这红口白牙，也不怕天打雷劈，你要嫌弃我你就别回来，我们娘俩自己过。”兰继芬说着眼泪就又下来了。

白庆国走的那天，除了兰志和夫妇，还带走了另外的三个人。

那天下着蒙蒙的细雨，刚刚插进田里的秧苗，都没有站住脚，满溢的田水，好像随时都要把这禾苗浮起来似的。白庆国这次换了一个防水的大背包，他没带任何雨具，兰继芬本来给他准备了一把长柄的雨伞，可是白庆国没用。

“一个男人，这么点雨怕什么！”白庆国对兰继芬说。然后拎着背包，就钻进了雨里。兰继芬没有送出去，这会儿她不想让人看见她的样子。她只是站在自家门口的台阶上，看着白庆国走出院子，走到村庄中心的晒谷坪那里；几个人已经在等着白庆国了，兰继芬看见白庆国的头发上很快就结上了一层白色的雨珠，远看就像是满头的白发。

兰继芬看见白庆国朝那几个人挥了挥手，像一个出征的将军。那几个人就回头看了看自家的房子，跟家里人互相叮嘱几句，然后一起向村外走去。白庆国好像也回头看了兰继芬一眼，兰继芬没有看清，也没有力气再看了，她转身回屋，满世界寻找着什么，可是屋里空空的，什么也没有。于是兰继芬大声地喊白青山的名字，白青山早不知道去哪儿了，兰继芬没有听到儿子的回应，就开始骂起来，骂着骂着就哇哇地哭了。

此时白青山正站在南山一块突出的石头上，透过雨雾，努力辨别他爸的身影。

他爸腿比较短，身材比较壮，走路像一辆坦克似的往前推，可是这回白青山感觉这坦克似乎动力不足，有点拖拖沓沓的。他爸身上那件米黄色的夹克，是他妈年前买的，还很新，穿在他爸的身上，有点像老黄瓜刷绿漆。但白青山喜欢看他爸穿这件衣服，在他印象里，他爸就应该是这样的。他爸刚被人抬回来的时候，像一堆脏不啦叽的布里包着的烂肉，他爸穿上她妈买的这件衣服，却一下子活成了人，所以他爸穿着这件衣服走在一行人中，虽然只是小小的一点，白青山还是一眼就认出了他爸。

白青山其实挺恨他爸的，好几次他都想杀了他爸，但他却控制不了自己想看他。他站在高高的石头上，看见他爸最先是走在队伍前的，可是走着走着，就走到了最后面；在坳上的那棵桂花树前，他爸甚至停了一下，好像是弯下腰来弄鞋子，他爸的背包很大，弯腰的时候那背包就往前坠，他看见他爸用手托了一下那个包，然后回头好像朝白青山藏着的这座山看了一眼，这时白青山轻轻地叫了一声“爸”，就见他爸消失在山坳的那边了。但白青山仍然站在高处，站在那块巨石之上，好像他爸的头随时会从雨雾里冒出来。

后来白青山多次想象过那个早晨，那么远的距离，那么厚的雨丝，他应该是看不清他爸的，可他爸的背影那天却那么清晰，好像有什么让他爸飘移到他面前似的。那天白青山能看清他爸打底穿的，是一件洗得很软的白色汗衫；能看清他爸身上他妈买的那件米黄色夹克，衣领已经有些脏，袖肘也磨得有点光；还有他爸刮得光光的胡须，在外面他爸的胡须总是刮得那么光吗？他爸站在楼顶上跳楼的那一天，他的胡须也刮得那么干净吗？还有他爸的背囊里，装的应该都是他妈做的酸菜、腊肉和粑粑。他爸不是说什么都吃过吗，为什么还要背这些吃食？那么想吃他妈做的东西，为什么还要走？

白青山还想象过他爸在山坳口回头时，是不是也看见了他。

白青山站在山上，树叶和山石都让自己小得像一只蚂蚁，但是既然他能看清他爸，他爸也应该能看见他。如果是这样，白青山会后悔站得那么高，那么显眼，让他爸能够一眼看见；他不想让他爸看见，他站在雨帘的后面，站在树叶的背后，就是不想让他爸看见的。

白青山还想起那天的雨，细细的，密密的，好像被他家的那把细筛筛过一样，落在地上一点声音都没有。以前的雨都是从东边来，可是这次的雨却没有方向，好像直接从天上溢出来，一下子就溢满了天空，然后开始往下漫涌，最后覆盖了田野和村庄，覆盖了他面前的树叶和山石。那一天，白青山还没明白这雨是怎么回事，他的头发就湿了，然后就有细小的水流，像蚯蚓似的，从后颈窝钻进他的后背，他觉得有点凉，却凉得舒服；那天他爸的背影消失后，白青山仍然站了很久，好像要把那雨都收进他的衣服和皮肤里似的。

人，活得好好的，为什么要到处乱走呢？

很多很多年前，上国里有 54 张扑克牌。扑克们安分守己，恪守着他们种植水稻的本分。

春天雨水降临的时候，13 张黑桃牵出牲畜，耕耙出一年的田地，然后把发了芽的稻种撒进田里，看着禾苗在田里抽芽变绿。夏天到来的时候，方块们担起锄草薅田的任务，方块们比较活泼，她们穿着绿色的长裙，一边工作一边舞蹈，于是整个夏天，稻禾们都乐得前仰后合的。到了秋天，梅花来接手方块的工作，他们把稻禾放倒在田野里，把谷粒从枝头脱下，收回到谷仓，因为冬天马上就要来了，得把田野留给冬天的风雪。冬天终究还是降临了，红桃们充分迸发她们的热情，她们把稻草扎起来，堆成垛，这样风雪就会让开这些垛子，在旁边的空地上撒得更厚一点，雪花还会悄悄地把舌头伸出来，舔舐草垛上的香气。春节的时候，由大小王值守，大小王不干什么，只负责给大家分发一年的奖品和红包……就这样，扑克们年复一年地过着，谁也没有想过到处乱跑。

有一年，一个魔术师来到上国，他留着黑色的小胡子，穿着小丑的衣服，戴着一顶高高的礼帽，还有一根神奇的魔术棒，魔术师说："你们每天都这么值日，有没有觉得生活有些枯燥？"

扑克们齐声回答："没有。"

"那么你们想不想变一变呢？"

"不想。"扑克们说。

"那么我们来玩一场游戏？"

扑克们面面相觑，他们你看我，我挤你，嘻嘻哈哈地在魔术师面前站成了四排，两只小丑搓着手，不知道站到哪一排，魔术师说："你们站到队伍里吧。"于是两个小丑忸忸怩怩地分别站到了梅花和红桃中间。

魔术师洗了几把牌，扑克们都是按花色工作的，这回全乱了，他们前后看看，觉得非常新鲜好玩，魔术师说："今天，我们先玩玩接龙。"

扑克们再次被分成四排，他们推来搡去的，分别从自己的队伍里走出来，一个个往前走，碰到跟自己同生日的，就一起走出来，过一次生日。有时候生日很隆重，人也很多，还有很多好吃的；有时可能只有那两个寿星，他们彼此看着对方，大眼瞪小眼，互相陪伴着过完他们的生日，然后再各自走开，等待再一次的重逢。

这场扑克游戏中，红桃 3 和梅花 9 总是前后脚地站在一起。红桃 3 热情大方，却有些盲目冲动，梅花 9 智慧沉稳，却过于安静。他们彼此看着，都有一种幸福的感觉，他们默默地挨站在一起，慢慢发现了游戏的意义。

有一次，黑桃 K 挑头闹事，在队伍里推来搡去的，把大家都推倒在地上。躺在地上的梅花 9，突然发现红桃 3 正面对面贴在他身上，他闻到了红桃 3 身上的香，还有红桃 3 呼出的热气。梅花 9 瞬间心跳加速，他知道他爱上红桃 3 了，同样，红桃 3 也把身子更紧地贴在梅花 9 身上。

游戏结束了，红桃 3 和梅花 9 都不想分开，于是他们悄悄地商量，有机会一起到很远的地方旅行一次。

就这样，魔术师把爱情种在了上国，也把欲望种在了下国。

扑克们开始思考他们的生活，难道除了种稻谷，他们不可以种些别的农作物吗？他们为什么一定要按花色值日呢？如果打乱来安排，是不是有更多的惊喜？于是魔术师又把升级、德州扑克、桥牌等等上百种玩法，全都教给了扑克们。

魔术师教会了扑克们玩法，却又恶作剧地藏起了 6 张底牌，致使扑克们的每一场游戏，最终都是残缺的；魔术师时而躲在上国的瑰厅，严肃地召开会议，时而躺在下国的草坪上，惬意地放牧着扑克们的未来。

魔术师掌控着扑克的一生，他的一生也被扑克们反控着。

18. 不速之客

“其他人都回来？为什么我舅不回来？”白青山看见那头黑牯牛的时候，他问和西。那头黑牯牛已经二十多岁了，一头二十多岁的牛，它心里都会想些什么呢？

“也许他还没有找到。”和西说。

“找什么？”白青山问。

“找自己。”

“为什么一定要出去找，待在一个地方不动，就不能找吗？”

“出去是找，待着也是找。”和西说。

和西租下了黄老培的两亩水田，就在学校的旁边。刚刚租下来的时候，白青山问和西种什么，和西说，种水稻。

这两年种罗汉果、种西红柿、种姜、种蒜、种柑橘，都可以赚钱，唯有种稻谷不赚钱。稻谷家家都有，家家都吃不完，以前还说多种点稻谷交公粮，现在公粮也不用交了，还种那么多稻谷做什么呢？可和西说就种稻谷。

和西种水稻，跟村民不太一样。村民早就用上拖拉机了，和西却借了兰伯春家的黑牯牛，由白青山牵着耙了两个上午。黑牯牛多年没有下田，一开始有点不太自信，但它很快便找到节奏，走得稳当而细致，两亩田耙完的时候，黑牯牛还有点意犹未尽。

村民一般种两三个品种，和西却把两亩地隔成好几个方块，种了9个品种；和西把种子们整齐在放置在9个小木格里，一粒粒地挑选甄别发种，然后才撒进田里，然后仍然由白青山帮着把秧苗一棵棵插下去。

禾苗长起来后，村民至少会薅两次田，会撒化肥和农药，和西却让草跟稻谷一起生长，并买了几只鸭子回来，把它们圈进田里。于是从春到夏，从夏到秋，和西就坐在门前，看那些稻禾和鸭子一起嬉闹，好像他种稻谷不是为了吃饭，而是为了看稻禾和鸭子似的。

总有人绕道来看和西的稻禾，看那9个品种的9个方块，他们不解地问："怎么样？"和西说："在长。"看着稗草跟稻禾一起生长，又问："不薅田？"和西说："不薅。"看到鸭子在田里游来游去，就说："鸭子不喂？"和西说："不喂。"

说来奇怪，和西虽然不薅田，却也没有那么多的杂草；他不撒化肥农药，稻禾也长得分外壮实；那些鸭子也有意思，它们游在水里，看着彼此的倒影，笑得嘎嘎嘎的；它们从这行禾苗游到那行禾苗中间，过一会儿又游回来，马上就发现了这行禾苗跟刚才的不同；它们把鸭蛋下在鸭栏里，下在草丛中，下在田埂上，这样白青山每天都有事情可以做。

有一段日子，找鸭蛋成了白青山最大的乐事。每天干完家里的活，白青山便跑到和西这里来，光着脚丫，在田埂上走一遍。

他不用低头，只用两只脚丫去探，如果探到鸭蛋，他的脚丫便有一种无法言说的快意，于是弯下腰去，把鸭蛋捡起来，抹去上面的泥粪，小心地装进衣兜。有时某只鸭子故意使坏，把蛋下在禾梗的中间——这个难度有点大，也不知鸭子是怎么做到的——这样白青山找起来就有点辛苦，他先在田埂上看一遍，如果看不到，就得把两亩田一行行地全部走完。后来白青山慢慢发现一个规律：鸭子见白青山找不到的时候，总会得意地朝着某一个方向叫，白青山就顺着鸭子叫的方向，找到了那些深藏着的鸭蛋。

和西的两亩稻田什么也没做，却长得比别人家的都好。9个品种长出9种姿势，9种深浅不一的绿色，9种色泽不同的金黄，9种大小不一的稻穗。

在第一场霜降到来之前，白青山帮着和西，把稻谷收进了屋里。以前的教室，已经被改成了粮仓，和西同样打了9个格子，那些在竹席上晒干的稻子，带着温热的气息，一粒粒互相挤挨着，各自归到自己的格子里。那一年，和西的两亩地，共打了差不多2000斤稻谷，白青山看着这隆起的谷堆说，至少两三年不用愁粮食。

可是第二年开春，和西又从兰展春那里租下两亩水田。看着门外铺展开的田野，白青山问和西种什么，和西仍然说：种稻谷。

和西的乐趣只在于种，他根本不去想种出的稻谷怎么消耗。

白青山把和西的稻谷都碾成米，同样是分放在9个格子里。后来米多了，就有一些不愿意种稻谷的人，拿东西来换米。有的拿几棵白菜，有的是一把香椿，有的是几根春笋，有的是两把豆角……和西也不挑，和西在米缸边放上一只勺，来的人把东西放下，在一个格子中舀上一勺大米，走了，没几天又过来舀。

2006年秋天，一个叫江楠的女子来到村庄。

村庄很久没有来过外人了，村庄的路，从来都只有村庄的人和牲畜在走。人的脚步轻，牲畜的脚步稳，每一个坑洼都在人和牲畜的心里，所以再难走的路，对村庄都是轻省的。可是对外人就不一样了，他们不了解路上的哪个石头是实的，哪个石头是虚的，哪个石头踩下去，会溅起一身的泥水。

这个叫江楠的女子，因为不了解村庄的路，走得有点滑稽。明明一条平坦的路，她却走出了崎岖的姿势，很多地方几乎是跳着在走，好几个石头都因为她这次走，而改变了位置和方向，下一回村庄的人走，又得熟悉一下那几个石头。

那天兰草去给她公兰春玉送晌午饭，回来的时候，正好看见江楠在村庄的路上跳来跳去的，兰草觉得很奇怪，她没见人这么走过路。兰草还看见江楠的头发披在肩上，村庄的女人也留长发，但她们只在洗头发的时候才散着，平时都是打着辫子，或者用橡皮筋扎成一束；江楠穿的是衬衣牛仔裤，山里的年轻姑娘也有这么穿的，但她们穿得都没有这么干净，这么鲜艳，这么好看；江楠背一个很大的背包，山里也有人背背包，但兰草从没见过背那么高的包，高到把人的整个背都遮住了，只看见两只手臂在甩动……

那么，这个人是谁呢？

兰草一开始跟在江楠的后面，她不想超过江楠，不想让一个陌生人看着她的后脑勺在走。可是江楠走得实在太慢，兰草屋里还煮着红薯，她怕回家慢了红薯会煮焦，兰草犹豫了好几次，才终于把心往里挪了一点，把力气放到了脚上，一攒劲小跑起来，打算从江楠身边绕过去才好。

然而当兰草经过江楠时，江楠却把她叫住了："等一等，小妹妹。"江楠的声音像喜鹊，带着新鲜的气味，你不知道她说的什么，但是却能明白她是高兴的。江楠用的是普通话，村里除了和西，没有人讲普通话。

兰草已经绕到江楠的前面，她脊背一紧，放慢了脚步，用后脑勺等着江楠接下来的话，只听江楠大声地说："这田野里怎么没有人呢？小妹妹，人都去哪儿了？"江楠问了个奇怪的问题，兰草忍不住回头看了一眼。

当兰草转过脸时，江楠一下子怔住了，一脚踩进了烂泥中，那巨大的背包差点失去平衡，"天哪，你太美了！"有些狼狈的江楠，发出了一声惊叫，接下来是一串喜鹊般的喳喳的叹息："小妹妹，你知道你的美吗？有人告诉过你你的美吗？你真的太美了，你是我见过的最美的小孩子……"

江楠的惊叹直追过来，把兰草吓得心惊肉跳。兰草头也不回，飞也似的跑回村庄，一进屋就嘭地把腰门关了起来。虽然兰草的心扑通扑通乱跳，却忍不住透过门缝往外瞧，她想看看这个怪人到底来做什么，她到底会进谁家的屋。

直到焦煳的味道飘出来，兰草才想起红薯煮糊了。

但是兰草始终没见那个人走进村庄。

这女人是谁？她到底去了哪里？兰草一个下午都心神不宁。

她很想找个人说说话，或者什么也不说，有个人在旁边就好，可是她婆已经去镇上为她联系上学的事，她公在后山上挖炭窑，村里的人太少，他们一走进山野，就被石头和树木藏起来，就全都看不见了；村里的日头也是懒懒的，依在墙根下，半天才走一点点，狗和猫知道日头走得慢，就在墙根下睡觉，直到日头从它们的身上退去了，才肯睁开眼睛来看看。兰草想起和西应该是在的，这个人像田野里的一棵树，种在那里，就不动了，风来的时候摇一摇树梢，叶子掉到地上，也不会落得很远。兰草把灶上的火退了出来，用手帕包了两个红薯，慢慢往南山脚下和西的屋子走，这时她很希望能看见某个人。

走到河边的时候，正好白青山从山上下来，白青山扛着一截生涩的樟木，也要往学校那边去。白青山最近迷上了做木工，他把和西的院子当成了木工房，没事的时候，就在和西屋前又削又刨的，也不知道要做个什么。

兰草终于见到个活的人了，并且是跟她说话比较近的人。其他人跟兰草说话，都说很远的话，兰草都不太搭得上，只有白青山，兰草觉得他很亲。看见白青山过来，兰草远远就问："表哥你看见有个人过来没有？"

"什么人？"白青山说。

"刚才有个女的，不知道去哪家了。"兰草说。

"可能来走亲戚的吧，你管她去哪家呢。"白青山说。过了会儿他又问："你没见过吗？"

"没见过。"兰草说。这会儿白青山已经跟兰草汇到一条路上，兰草让了让，让白青山走在她的前面。这时兰草摸了摸衣兜里烫手的红薯：“表哥你吃过晌午了吗？我有红薯。”

“没呢。给我吃一个。”白青山扛着木头无法回头，瓮声瓮气的。兰草想把红薯给白青山，让他马上能够吃到，可是又不好递过去，一路上就拿在手里，红薯烫着她的手，她一直忍着不吭声，只紧紧地跟在白青山屁股后头。

差不多到和西围墙边的时候，兰草突然听到院子里有人说话，并很快听出是那个喜鹊的声音，虽然听不清说的是什么，虽然只是喜鹊一个人在说，但是叽叽喳喳的特别热闹。

“就是这个女的。”兰草一下子把脚步扎住，清晰地对前面的白青山说。可白青山还在往前走，白青山肩上的木头有点重，注意力全在这木头上。兰草有点急了，她提高了声音：“表哥，就是这个人。”

白青山又走了几步才停下，他仔细听了一下，果然是一个陌生女人的声音。除了几年前的夏玲，这荒僻的屋子，还没有其他女人来过。白青山扛着木头，进也不是退也不是，这时兰草过来轻轻地牵了牵白青山的衣袖：“表哥咱回去吧。”

白青山艰难地把木头横过来，转过身子，走了几步，想想又把木头从肩上放下来，轻轻靠在路边的田基上。兰草终于可以把红薯给白青山了，白青山替兰草吹了吹烫得通红的小手，又轻轻地拍打了两下，带着兰草回村里去了。

这个地方，江楠觉得她是来过的。

进山的那个山坳，那条弯曲的小路，她一点也不陌生；山坳上的那个石凳，光滑得好像她刚刚在上面坐过；石凳旁的桂花树，树上的那个节疤，上面有她抚摸过的痕迹，那些叶子好像又长多了一些。放眼望去，那条从山里钻出来的河流还在，河岸上的村庄和田野也是她熟悉的，她看见了南山脚下的那几间泥坯房子，它孤零零地立在那里，万籁俱寂之中，好像陪伴了她的前世今生，她不由自主就朝着那个院落走去。

好几条狗涌过来，这些狗用尾巴在她的裤腿上蹭蹭，然后各自散去了，好像认识她似的。她高兴得直笑，虽然背上的背包有点沉，可是这有什么关系呢？她远远地就看见那栋房子被一小片金黄的稻田围裹着，那鲜艳的黄层次清晰，好像一个美术生油画板上的颜料。

“这个地方我好像来过。”看见和西的时候，江楠一点也不觉得陌生，她在井台上把包放下来，抬起右手，用手臂擦了一下额头的汗，劈头说道。

和西的稻子已经快熟了，他已经和白青山约好了收割稻子的时日。和西每天吃完饭就坐在屋前的桂花树下，有时看看书，有时逗一会儿蚂蚁，有时就看着他的稻子什么也不做；那几只鸭子在他的眼皮底下，在稻田里出来进去的，鸭子已经把和西当成了自己的人，把那片稻田，当成了自己的稻田。

现在，和西正和那几只鸭子，一起坐在屋前的桂花树下打盹，和西坐在桂花树的西边，鸭子们坐在桂花树的东边，鸭子把屁股冲着和西，脖颈互相依靠着，慵懒地蜷在桂花树裸露的根茎上。几米外是那些待熟的稻子，它们把头搭在稗草上，炫耀似的展示着它们饱满的颗粒，也不管那些草能不能承受得了它们的重量——谁让草们在青春的季节，不知好歹地拼命生长呢！

江楠最先惊动的是鸭子，鸭子没见过世面，生人一来就惊慌失措，全从树根上霍然站起，摇着屁股嘎嘎地跑进了田里；鸭子的声音又惊动了和西，和西睁开眼睛，就看到江楠站在他的面前，好像是从他梦里来的似的。

对于江楠的到来，和西一点也不奇怪，他睁开眼睛，淡淡地说："喝点水吧。"然后从椅子上站起来，到井边去打起一桶水，再用井台上的一个竹瓢，舀了一勺水递给江楠。和西转身的时候，差点撞到了井台上的登山包，他敏捷地把背包安置稳当，然后到院子中间搬了把木工椅，扫了扫上面的木屑，放到江楠跟前。

和西重新回到刚才打盹的地方。一粒桂花从树下飘落，飘到了和西的头发上，和西任由桂花黏附在他的头发里，他感受着桂花游动的香味，默默地看向眼前的田野。

江楠端着竹瓢，咕咕咕地往肚子里灌水，一气喝了一大勺。走了那么远的路，她好像就是为了来这里喝一口水似的。喝完后江楠还拿着勺不放，她也把目光看向田野，悠悠地说了句："这水真甜。"

江楠没有坐和西安排的椅子，她把舀放到井台上，开始了她的发问："你是谁？这是什么地方？你为什么在这里？"江楠的语速有点快，还没等和西回答，她又接着问了下面的一串问题："我刚才看见一个漂亮的小姑娘，她实在是太美了，这里的小姑娘都那么美吗？""这个村庄的人都去哪儿了，怎么田野里看不到人呢？""为什么那么多的田都不种庄稼，现在不是应该夏收吗？那些收割机呢？那些打谷子的人呢？怎么不是我想象的那样？……"江楠抛出一个又一个的问题，这些问题问得她自己都蒙了。

好不容易听江楠问完，和西把目光从田野里收回。“那是你的梦。”和西说。和西的声音有些飘忽，但是他声音的每一个细部，都恰到好处地触及江楠敏感的神经末梢，从而又引来江楠新的惊奇。

“你的声音我肯定听过。对，我见过你，我一定在什么地方见过你的。”江楠痴迷地盯着和西的脸，好像要从那上面看出什么。天哪，这到底是一个什么地方？竟然像附着魔力似的，把她心底里沉积的活泼全部唤醒，这种无法控制的活泼，如同一匹狂野的奔马，冲出了她的身体和心灵，把她引领到一个肆无忌惮的地方。

我竟然可以这样说话吗？我竟然可以这么放纵吗？我竟然可以这么自在地面对这片田野吗？我走了那么远的路，难道是来跟这个地方相认的吗？江楠在一种巨大的震惊中，完全忘记了自己来这里的真实目的。

19. 给每件事物起个名字

魔术师站在高处，看着梅花 9 和红桃 3，看着他们消失在放逐的路上——

梅花 9 和红桃 3 默默地走着，山野肃穆，一切都笼在迷蒙的梦中。红桃 3 举起手臂，宽宽的白袖袍褪到她的臂膀上。梅花 9 看见红桃 3 手臂举起处，发出一道刺眼的金光，满山的雾被劈成两半，渐渐地向两旁退去。“我听到了大山的心跳。”红桃 3 走在前面，她回过头望着梅花 9，睫毛快活地跳动着。梅花 9 笑了一下，并没有回答。于是他们继续往前走，往大山的深处走去。露水像晶莹的珍珠在山野里滚动，浸润着他俩的眼睛和嘴唇。太阳渐渐地升起来了，如大山收藏着的一枚金色的轮盘。

第一天，太阳渐渐地升起来了，山风吹拂，墨绿的树叶扬起金色的鳞片。“我们是从哪儿来的？”红桃 3 轻轻地依在一棵大樟树上，很像一匹柔软的白绸缎，她野露似的眼睛温顺地望着梅花 9。“给我讲个故事。”红桃 3 说。梅花 9 开始讲故事：“很久很久以前，这儿是一个湖，很多的人生活在这里，他们在湖边种稻子，在湖里打鱼，在湖面上跳舞。一个货郎从湖边路过，货郎有点寂寞，于是自己跟自己玩起了扑克牌。货郎睡着的时候，扑克们都跑了出去，梅花 9 和红桃 3 还跑到了湖的另一面。天黑了，天又亮了，其他扑克牌都回到货郎的手中，红桃 3 和梅花 9 却再也回不去。”“这个湖叫啃月泉。”红桃 3 接口说。

第二天。红桃 3 赤着脚，穿过了一片小树林，她走过的地方，留下了一串乳白色的脚印。红桃 3 看了看自己的指甲，她向空中弹了弹，一瞬间，天空洒下了一阵美丽的太阳雨。乳白色的阳光从雨中滑下来，静静地落在她光滑细腻的肌肤上，她的身体发出阵阵诱人的芳香。“鱼！”红桃 3 惊喜地叫了一声，她抬起头来，梅花 9 正穿过树林向她走来。梅花 9 的嘴角呈微笑状，周身洁白，梅花 9 说：“跟我走。”他牵起了红桃 3 的手。

第三天。他们躺在一片柔软的草坪上，正午的太阳在他们头顶、在树林上空疯狂地炙烤着，像要把一切焚化。红桃 3 把右臂轻轻地放到梅花 9 的胸脯上，“我嗅到了太阳的味儿。”她说，然后把一片树叶轻轻地盖在梅花 9 的眼睛上，“你的眼睛像鱼。”她又说。梅花 9 把那片覆盖在眼睛上的树叶放到阳光下，他发觉那片树叶比原来更加绿了。“跟我走。”梅花 9 说。

第四天。太阳渐渐地下山了，红桃 3 亲眼看见太阳落在那一片乱石丛里，她追过去，但她只捡到几个小小的木头轮子。她有点失望，她回过头来找梅花 9，却一眼看见了太阳就藏在身后，黑红色的，散发着野性的浓香。“咳——”红桃 3 兴奋地唤着，这时她看见梅花 9，他正伫立在一片金光之中。红桃 3 一下子觉得口渴起来，她很想喝水，她恍然想起他们是在找水。

第五天。“眼睛是星星，嘴唇是月亮。”梅花 9 的手指在红桃 3 脸上轻轻划动着。“我听到了大山的心跳。”这句话红桃 3 说过，这次她又说了一遍。梅花 9 望了一眼红红的篝火，火苗正上下跳跃着，很像心跳。月亮升起来了，从黑黢黢的大山后面升起来，红红的湿湿的，整个山野笼罩在神秘的气息中。红桃 3 坐在一块巨大的山石上，她望着那圆圆的红月亮，感到心里满满的。“我找到了。”“是的，我们找到了。”“——水！”梅花 9 和红桃 3 异口同声地说。于是他们把身子贴在一起，这样，他们倍感充实，他们浑身充满了力量。这天晚上，他们做了同一的梦，他们都梦到了鱼和爱情。

第六天。他们在黎明醒来，他们睁开眼睛，第一眼就看见了一条流淌的河流，河流紧紧地依附着大地，清澈、明亮、耀眼……

第七天。他们沿着那条河流，来到了下国。

江楠说，我要留下来。

江楠原本是来搞“社调”的，江楠对村民说“社调”两字的时候，村民都听不明白，江楠于是反反复复地解释，她的声音叽叽喳喳的，虽然只有一个人，却像是一群鸟。一群鸟的喋喋不休，让村民更加迷糊，江楠最后说，反正就是那么回事。

江楠说，她要留下来，因为这个地方她梦里曾经来过，“或者我的前世曾在这里生活过，或者我的祖先曾在这里生活过，一定的。”

江楠决定留下来，可是她留下来做什么呢？

“我种田。”江楠说。村民疑惑地看着她，她伸出双手看了看，好像不像可以种田的样子。于是江楠又说：“我教书。”村民仍然茫然地看着她，江楠看了一眼已经被和西当成粮仓的教室，她咬了咬牙，重复说：“我教书。”

村庄没有学生，但江楠仍然坚持留了下来。

江楠相中的第一个学生是兰草，她太喜欢兰草了。但是兰春玉老婆已经为兰草在镇上小学报了名，也在一个远房亲戚家里找好了住处，并说好用一担口粮抵房租。可是江楠不干，江楠反反复复做兰春玉的工作，劝说他们把兰草留下来，江楠说：“你看，兰草留在村里，你们就可以省下好多生活费。”

兰春玉问：“那没事？”

江楠又说：“你们就不用专门去陪读了，可以省下一个劳力。”

兰春玉问：“国家能认？”

江楠接着说：“国家不管这些，国家只管有没有文化。”

兰春玉问：“你能行？”

江楠急了：“我一个堂堂名牌大学硕士，还比不过你们那些老师！”看兰春玉听不懂什么是“硕士”，江楠急中生智：“你们的老师不会说普通话吧，我会说普通话，我能教兰草讲普通话。还有，我在市里省里都认识好多当官的，将来兰草长大了，说不定也可以当官！”

听到当官，兰春玉终于咧开了嘴：“你能在村里住久？”

“我肯定留下来，就算我不在，还有和西老师呢。我们两个老师，教一个兰草，你还有什么不放心的！”江楠拍着胸脯。

对和西，兰春玉当然是放心的。他想了想最后说：“那得问问兰草，她可想去镇上了。”

江楠这下傻眼了，她能哄得了一个山里孩子正在生长的心吗？

江楠于是又去了兰仲春家、白庆民家、黄老培家。他们都有孙子在镇上念书，如果孩子们能够像以前一样，直接就在村里读书，当然方便得很，但是政府同意在村里教课吗？再说这事他们也做不了主，还得征求在外打工的孩子的父母的同意。

江楠又跑去邻村游说，可是谁能相信一个突然到来的陌生人呢？于是关于江楠的笑话便传开了：一个城里来的女人，疯子一样到处哄小娃仔留在山里念书，这个女人说，她可以教小娃仔语文数学，可以教小娃仔讲普通话，哈哈哈，她又不是国家政策，她还能说了算？！

过一段日子，笑话慢慢地传成了另外的版本：有城里来的女人，到处骗山里的小娃仔，大家千万不要把娃仔交给她，她会把娃仔卖到很远的地方……

江楠越是热情越想辩解，大家越认为她是骗子。看着鬼比人多的村庄，江楠用标准的普通话对和西说：“我去他妈的！”

但是江楠仍然坚持在和西的院子住了下来。

最初的一段日子无事可做，江楠便跟和西说：“我给你种稻子。”和西什么也不说。江楠又去找白青山：“我跟你学木工。”白青山不好意思拒绝，笑着转过身去。江楠于是对自己说：“我只想在这个地方留下来。”

江楠留在村庄的第一件事，就是给每件事物起名字。江楠最先关注的，是那些黧黑的石头，这些石头原来都叫“某某家田里的石头”，或者“某某家地里的石头”，江楠到来后，给这些石头冠上了“思想者1号”“私语者2号”；江楠又给一些树，起了些“从叶”“青田”“兰星”的名字；村里的一个小水塘，江楠称它为“啃月泉”，江楠起这个名字的时候说，这里原来就是一个湖泊，将来还会成为一个湖泊。

被江楠命名的事物越来越多，学校被叫成“稻花香集”，和西门前的两块水田，分别被命名为“浪一”和“浪二”。有一天江楠去黄老培家玩，一时性起，给黄老培的新房子起名为“起立号”，江楠说，这是青河村第一所新房子，应该有个响亮的名字。

两年前，黄老培家因为建了新房，名声很快传了出去，山后的媒婆赶圩时带来一个姑娘，这个姑娘就成了黄明的新婚妻子。黄明终于讨到了老婆，他实在不想出去混了，可他老婆想出去，她老婆说嫁给黄明就是图他出去打过工，见过世面，所以黄明和他老婆生下孩子，刚刚满月就去了深圳。

这几年里，村庄的孩子长大一个出去一个，剩下来的孩子和老人，他们每天忙于生长和照顾生长，根本顾不上江楠的任性，所以整个村庄的鸡鸭猫狗、花草鱼虫，就随着江楠任意地起名改姓。江楠这种要命的嗜好，越演越烈，一发不可收拾，最后哪怕是看见一棵小草一堆牛屎，江楠都要把名字记到她的小本子上。

江楠的癖好，让白青山忍无可忍。有一天他实在看不过去了，便悄悄地去找了兰草。白青山对兰草说：“你就做江楠的第一个学生吧。”兰草难过地摇了摇头，她虽然舍不得离开白青山，但她更想去镇上。镇上多好啊，镇上有汽车，镇上有楼房，镇上还有萨琪玛，这是兰草吃过的最好吃的东西，镇上人来人往的，在镇上兰草每天都可以看见好多好多的人。

白青山说："可是镇上没有蛐蛐啊，镇上也没有那么多好看的花，镇上坏人也多，一转身就把你拐了，想回家都回不了。"

都说兰草的妈妈兰志霞就是被坏人拐走的，想到被坏人拐走后，就再也回不了家，兰草的眼圈红了。白青山接着说："还有，你婆要到镇上去带你，那就剩你公一个人了，他好可怜，到时谁帮你公做事情？"说到这里，兰草终于哭了，她呜呜咽咽地说："我只想去找我妈妈。"

白青山又去找了另外两个人家，一家的孩子二岁半，一家的四岁。白青山对孩子的爷爷奶奶说，不如把你家的青青或葱葱给江楠老师带，她能教他们好多的知识，等他们到了上学的年龄，肯定比别人家的小孩子强。

两家人都觉得白青山说得有道理，都觉得把孩子交给江楠，可以腾出手来做别的，可是看着还在身边爬的小娃娃，再想想江楠那疯疯癫癫的样子——江楠连自己都照顾不好，怎么替他们管孩子！于是他们还是摇了摇头："屋里就这一个娃，要出点事怎么跟他爸妈交代？"白青山只能回去对江楠说："江老师，要不然我做你的学生，你教我吧。"

于是，江楠终于有了她的第一个学生——白青山。

这个学生年龄有点大，都 17 岁了，江楠显然不太满意，但是有什么办法呢？有一个学生就不错了。于是江楠爬到山顶，寻到有信号的地方，给远方挂了个电话，一周之后，就有一整套的高中课本寄了过来。原本白青山是很讨厌这些课本的，可是在“稻花香集”看到它，白青山突然觉得不那么讨厌了，闻到那墨香的时候，他甚至有一种熟悉的亲切感。反正又不用考试，管他呢，把“江楠老师”糊弄过去就行了。

但是江楠却是认真的。你看，她好不容易有了一个学生，并且这个学生是自告奋勇送上来的，她怎么可以辜负他呢？于是江楠暂时停下给事物起名的工作，开始专心给白青山讲解课文。可是课本里很多的内容她都忘了，比如那些可恶的数学公式、化学习题，于是江楠又请和西来帮忙。

自从江楠来后，“稻花香集”就闹得慌，虽然只多一个人，却仿佛住进了一个连，和西费了好大的劲，才按住了原本的生活。见江楠拿着那些崭新的书本来找他，和西看了一眼，淡淡地说：“天地之事，不用刻意去教，也不必用力去学。”和西说完，折了根小树枝，蹭到墙角撩蚂蚁去了。

白青山躲在屋里，差点笑出声来，江楠却气得要命。可是江楠才不会气馁，不懂的咱不学了，咱就挑懂的教，于是抓着白青山，除了背课文，背英语单词，又增加了四书五经，弄得白青山苦不堪言，最后白青山不得不求饶：“江楠老师其实我更喜欢数理化啊。”白青山又说：“江楠老师，你还是给稻谷起名字去吧，你看这一片的稻子都还没有名字呢。”江楠再次被气得直瞪眼。

20. 是谁杀死了她的美

就在江楠再接再厉折腾白青山的时候，兰春玉家第五个女儿兰志琼回到了村里。

那天兰春玉拿着一盒烟，来找和西换点米，兰春玉家的旧米已经吃完了，新米还没有碾出来。兰春玉平时是舍不得买盒烟的，兰春玉抽的烟，都是自家地里的卷烟。和西也不抽烟，兰春玉知道和西不抽烟，所以他才拿烟来换，这样就可以白拿和西的米。没想到兰春玉来换米的时候，白青山恰好被江楠按着在背书，白青山小时候就偷他爸的烟抽，在学校的时候，还跟同学用作业本卷着树叶当烟嘴，因此看见兰春玉的烟，嘴角立即流出一丝坏，笑着问："叔公家谁来了？"

兰春玉没曾想碰到白青山，懊恼得不行，想收回香烟已来不及，就说："你志琼姨娘回来了。"白青山就问："那怎么没见着？和姨爹一起回的？"兰春玉正被那盒香烟搞得心烦意乱，没守住自己的嘴，冲口就说："别提那畜生，都把志琼打得快死了！"山里被老公打的女人多了，白青山的妈兰继芬就被他爸白庆国打过，因此白青山并不当回事。可是江楠一听，就不干了，这都什么时代了，怎么可以男人打女人！不行，她一定要去看看！和西和白青山都懒得拦她，江楠要干什么，也没有人拦得住啊！

兰春玉后悔得不行，见江楠那阵势，赶紧盛了米就往家走。可兰春玉前脚刚进家门，江楠后脚就推门而入，好像是到自己家似的，一点都不见外。

看到兰志琼，江楠再次发出惊叹：天哪，太美了！

如果说兰草的美，是纯洁的天使之美，那么兰志琼身上的美，则是沉静的女神之美。兰草由她婆陪着在镇上念书，只有周末才回来，平时兰春玉的屋子就是死的，一屋子的空气都不流动一下，连房顶的檀条，都旧得快了些。现在兰志琼坐在这檀条下，屋子虽然还是不说话，但是屋里的东西却开始活跃起来，扫帚与斗箕眉来眼去，扁担和箩筐勾肩搭背，甚至于兰春玉家养的那几只鸡，也变得更爱进屋了，还有那只吊眼睛的狗，在堂屋里蹭来蹭去的，眼睛一刻都没有老实过。

“你真美！”江楠由衷地赞美说。

兰志琼坐在堂屋唯一的木制沙发上，沙发已经看不出最初的颜色，沙发中心那块油漆的印花，也已经被磨得模糊不清。兰志琼双手拘谨地放在腿上，江楠推开腰门进来的时候，兰志琼想起身相让，可是却终于没有起来，她冲江楠笑了笑，轻轻地欠了欠身，又把单薄的身子放好在沙发上，江楠的夸奖，显然让她很不习惯，也很难为情。

“你怎么不出去玩呢？”在江楠看来，那么漂亮的女子，怎么可以一直藏在屋里！

兰志琼还是笑笑。

眼前这个美好的女子，身上看不出任何暴力的痕迹，江楠早就忘记自己来打抱不平的初衷。现在江楠只想跟兰志琼亲近，跟这个美好的人亲近，可是她却找不到可以亲近的办法，于是江楠只能跟兰春玉家的狗亲近，跟正在厨房淘米做饭的兰春玉亲近，跟屋子里的板凳、烧火棍和燃烧的火亲近。

江楠的过分热情，让兰春玉简直受宠若惊，他没话找话，嗓门放得老大，一不小心又把家丑露了出来："我家志琼不方便动，她身上有伤，你们城里人见的世面大，你别怪她，你随便坐。"兰春玉这一说，江楠这才觉得兰志琼安静得有点不太正常。

外屋的兰志琼听到她爸的话，觉得有些丢人，小声地辩解道："爸你尽瞎说，哪有什么伤！"兰志琼说着挣扎起来，要逃回房里，江楠刚想去扶，又有点无从下手，就立在了那里；兰志琼意识到江楠在看自己，她挺了挺脊背，回身冲江楠尴尬地笑了一下，那一笑，突然让江楠感到一种心碎般的痛楚。

从兰春玉家回来，江楠一直有些心神不宁。其实她并没有看到兰志琼的伤，也不知道兰志琼伤在哪里，她甚至不知道兰志琼是不是真的伤着，但江楠就是有一种莫名的疼痛。江楠于是问和西："为什么我会痛呢？""为什么我感觉到兰志琼被伤着？""为什么她身上的伤，就像在我身上一样？""她真的伤了吗？还是我伤了？""到底是谁让她受伤？是谁让这个家庭到处是伤？"……

江楠总是这么一连串地提问，江楠这么问的时候，其实不是在问和西，而是在问她自己。自从来到村庄，江楠发现这里的女人一个比一个美，但是她们的美，总被一种东西包裹着、蒙蔽着，像缠在厚厚的茧壳之中，这让江楠产生了一种要去撕开的欲望。

那一夜，江楠觉得外面的风有点大，风摇动着树叶，哗啦啦的，江楠想喊和西。

“你知道什么是美吗？”第二天见到白青山的时候，江楠问道。

白青山摇了摇头。

“你知道你妈妈美吗？”

白青山又摇了摇头。

“你知道兰草和兰志琼美吗？”

白青山终于开口：“听人说过。”

白青山所知道的美，只是听人说的，他只觉得兰草好看，他喜欢跟好看的人在一起。白青山不喜欢江楠这么问他，其实从心里，白青山是轻视江楠的。江楠会什么呢？给东西起名字？这有什么用吗？她连一桶水都提不起，连一顿饭都做不好，她凭什么总是那么居高临下地问这问那。

“山川大地、日月星辰都为她俯首，可是人类却不知道她美在哪里，人总是看不见自己。”白青山听见江楠在说。白青山觉得江楠有点做作，他不知道和西是不是也这么想，他看了和西一眼，和西对江楠的话没有反应，他正俯在井台上，一颗颗地挑选下一年的稻种。

那几天里，兰志琼始终没有出门，江楠就总找借口往兰春玉家跑，她觉得兰志琼像一个谜，兰志琼越是不说话，这个谜底就越是诱人；江楠伸出手来，在阳光下认真地看着，她真的很想用自己的手，亲自触摸一下这个谜，触摸一下这个谜的底部。

“我能和你住两天吗？风好大，我的被子不够盖了。”江楠难得地收起她声音中的那种夸张，尽量小心翼翼地，她怕惊动了兰志琼心底的谜，弄痛了兰志琼身上的美。兰志琼又笑了一下，这笑里有无尽的难堪，但是这个女人从来没有学会拒绝。

就那样，江楠用一种近乎蛮横的友好，终于睡到了兰志琼的床上。

江楠要来的那个晚上，兰志琼特意洗了个澡。兰志琼让她爸帮她烧好热水，倒进已经用了很多年的旧木盆里，她在盛满水的木盆上，架了一张长条凳，然后坐在长条凳上，开始一点点清洗自己身体的每一个部分。

天已经凉了，凉得恰到好处，这样可以更好地感受到水的温度。当温热的水敷在肌肤上，兰志琼轻轻闭上了眼睛，她想起当年出嫁的时候，她也这般精心沐浴过：那次她打了好多好多的香皂，整个木桶飘满了白色的泡沫，她就坐在那些浮动的泡沫里，一点点抚摸着自己的肌肤，从脖子，到乳房，到腋下，到小腹，然后到她的私部，最后到达她的灵魂……那时候姐姐兰志霞还在，妹妹兰志玲也还活着，而现在，这偌大的屋子里只有她一个人了。兰志琼独自抚摸着这千疮百孔的身体，抚着抚着，眼泪就掉了下来。

那一夜，在兰志琼简洁干净的床上，江楠看到了兰志琼遍体鳞伤的胴体：兰志琼的手臂上，有紫色的瘀青；兰志琼的背上，是累累的鞭痕；兰志琼的乳房上，是烟头烫过的血疱；甚至兰志

几个月后，江楠听到了兰志琼轼杀亲夫的消息，那一天，江楠正在一个叫作“仰望者 1 号”的石头上，画她人生的第一幅画。

得到消息的那天夜里，江楠做了一个梦。梦里兰志琼是一条鱼，鱼在水里游着，她的尾巴五颜六色的，是那种彩虹的颜色，漂亮极了，兰志琼甩着她的彩虹尾巴，快活地咯咯笑着。

琼的私处，都有刀具割破的创口……

这一切，仅仅因为兰志琼生下的两个孩子都是女儿！

这世界，生女儿是犯罪吗？生不出儿子，是女人的错吗？是什么无耻下贱的男人，竟敢如此糟蹋这世间的美丽？江楠愤怒了，她含泪抚摸着兰志琼的脖子，抚摸着她的乳沟，抚摸她大腿的根部——兰志琼皮肤没有受伤的部分，已经有些微的松弛，但却是细腻柔和的；江楠在每一个地方都稍做停留，好让那些羞涩的细胞做好准备，然后她俯下身来，寻找着兰志琼私处没有被伤到的那一点点，轻柔地、小心地，把她的指尖轻轻地覆了上去，这时候，她嗅到了一种前所未有的兰花般的馨香。

兰志琼一开始是躲避的，然后她羞涩地张开了自己。她在江楠的怀里颤抖着，那一夜，江楠哭了，兰志琼却是笑着的。

兰志琼离开村庄的时候，天已经冷了。

兰志琼是穿着江楠的羽绒服走的，红色的，很轻，很软，摸上去有冰凉的丝滑感。兰志琼从没穿过这么漂亮的衣服，她觉得很暖，但是这暖让她有些不踏实；兰志琼走出山坳的时候就把衣服脱了，她压掉衣服里的空气，把衣服叠好塞进一个黑色的塑料袋里，她仿佛听见江楠在她身后说："把你的孩子带来，我教她们。"

然而兰志琼终于没办法把孩子们带来，甚至她自己也回不来了——几个月后，江楠听到了兰志琼弑杀亲夫的消息，那一天，江楠正在一个叫作"仰望者1号"的石头上，画她人生的第一幅画。

得到消息的那天夜里，江楠做了一个梦。

梦里兰志琼是一条鱼，鱼在水里游着，她的尾巴五颜六色的，是那种彩虹的颜色，漂亮极了，兰志琼甩着她的彩虹尾巴，快活地咯咯笑着。

“真好。”兰志琼说，“我可以唱歌。”

可是江楠却很难过，莫名地难过，她伸手去够兰志琼，兰志琼一头扎进水里，突然就不见了。湖面上风平浪静，安静得出奇……

江楠睁开眼睛，她发现黑暗中她竟然能看清粘在屋顶的报纸上的字。

“我要去救她。”第二天江楠对和西说。

就这样，在看守所灰格子般的会见室里，江楠看到了兰志琼。让江楠想不到的是，兰志琼竟然穿着那件红色的羽绒服，这件衣服江楠是从国外带回来的，颜色很正，很细腻，虽然明亮，却不刺眼，只是暖暖地明亮地红着，让你想向它靠近。看到这件衣服的时候，江楠的身体不由抖了一下，因为在这件衣服的袖口尽头，江楠看到了冰冷而硕大的手铐，江楠意识到，兰志琼就是穿着这件衣服，把她的男人杀死的。

那天早上，江楠跟兰志琼坐了半个多小时，兰志琼青肿着脸，给江楠描述了她杀死那个男人的过程。兰志琼说得很缓慢，很详尽，每一个细节都不放过，好像这样她便可以再杀死那个男人一次。

兰志琼对江楠说，那晚那个男人把她揪了起来，用力地踢打，原因仅仅是晚饭时小女儿摔碎了一只碗，而兰志琼却护着这个孩子。这个男人喝了酒，按照以往的步骤，他把兰志琼打够了，骂够了，要把她脱光按在床上，用烟头烫她，听她惨叫，听那两个孩子在另一个房间抽泣。可是这一次，他不知道兰志琼已经做好了准备，兰志琼已经穿上了那件红色的羽绒服，她躺在床上的时候拉链都是紧拉着的，这给男人脱衣服造成了困难，男人更加恼怒，他把兰志琼一把掀到了床下，他正在撕扯兰志琼衣服的时候，兰志琼出手了，她抬起抓在手上的刀，从侧面刺向男人的腹部。兰志琼说，从村庄回去后，她特意买了一把锋利的水果刀，这把刀压在床头已经很久了。

男人被扎第一刀的时候，显然有些发蒙，他还没有反应过来，接着他的右手腕上又挨了一刀。男人这下更疯狂了，他用左手揪住兰志琼头发，流血的右手用力去扇兰志琼耳光，并把兰志琼的头往地上撞。男人忘了去夺兰志琼的刀，他以为扇几巴掌就能让兰志琼把刀扔了。随着男人的手急速地舞动，他手腕上的血甩得兰志琼满脸满身都是。看到兰志琼脸上的血，男人还以为是兰志琼流出来的。

兰志琼在这个男人扇打她的时候，刀握得更紧。男人后来倒在地上不动了，兰志琼坐了一会儿，起身收拾自己。

第二天天刚亮，兰志琼把两个女娃送到了学校，然后穿上这件红色的羽绒服，平静地去派出所自首。兰志琼最后说："这衣服，真暖和。"

兰志琼被判处十五年有期徒刑。兰志琼被转移到监狱服刑的时候，江楠对她说："十五年很短。"

对于世界，十五年很短。

对于村庄，这些都是传说。村庄没有亲眼看见这些，村庄只知道江楠消失了好几个月，那时村庄都以为江楠再不会回来，甚至有人开始调戏那些被江楠起了名字的花花草草，调戏“思想者 1 号”“私语者 1 号”，那幅叫作“仰望者 1 号”的画，也被人用石灰粉修改到面目全非。没想到几个月后，江楠却带着两个女孩回来了，一个 10 岁，一个 8 岁半；江楠给大的起名兰香，小的起名兰花。

江楠把两个孩子交给兰春玉老婆的时候，莫名其妙地骂了句：“他妈的，这世界！”江楠看到被涂改过的“仰望者 1 号”时，却开心地笑了。

从那以后，江楠有了两个正式的学生；从那以后，江楠不仅给村庄的事物起名字，还带着她的两个女学生，到处画一些莫名其妙的画；从那以后，白青山终于被解放了出来。白青山带着他的狗，时不时从山里带回些新鲜的野味，每次看到江楠和那两个女孩惊讶的表情，白青山都能感受到一种莫大的满足。

兰草也终于回村，成为江楠的第四个学生。对于兰草的背叛，白青山曾经暗藏着不快，这回他讥讽兰草：“你不找你妈了？”兰草说：“长大了再找。”然后兰草反问白青山：“表哥，你真的不喜欢外面？”

21. 杀牛记

2009年，兰志远竟然意外地回来了。兰志远这一次，绝对算得上衣锦荣归。

据说兰志远是开着一辆锃亮的小车回来的，见过世面的人都说这是一辆豪华越野车，是世界上最好的那一种。兰志远的车先开到红源那边，然后从机耕路上绕过来，虽然路很不好走，但是兰志远的车不怕，兰志远的车连河都能蹚。当兰志远的车出现在村庄中间的晒谷坪时，全村的人都来看，白青山也来了，他兴奋地摸了把他舅的车前盖，刚刚碰到就倏地把手缩了回来，“好烫！”白青山红着脸尴尬地说，然后咧开嘴笑了起来。

兰志远这次不是一个人回来的，他带着他的老婆和孩子。据说兰志远的老婆是一个大老板的女儿，兰志远就是靠着他老婆，才迅速发达起来的。兰志远的老婆很漂亮、很时髦，她穿着裙子，连江楠都很少穿裙子，江楠大多时候都穿牛仔裤，因此大家都觉得兰志远老婆比江楠漂亮。他们还觉得兰志远老婆有点像当年的夏玲，想起夏玲的时候，他们都有些感叹。兰志远的儿子也很漂亮，皮肤很白，头发还有点卷，说话奶声奶气的，大家都说兰志远的孩子有点像电视里的洋娃娃。

在村民的包围中，兰志远慷慨地给那些老人和孩子分发糖果。兰志远的爸妈站在人群后看着兰志远，兰志远的爸兰伯春眼睛有点看不过来，激动得直搓手；兰志远的妈眼眶红红的，想哭又不好意思，她看完兰志远又看兰志远的老婆和孩子，又看兰志远锃亮的汽车，看着看着眼泪就流出来了。

兰继芬则站在白青山的后头，傻傻地看着她弟兰志远笑；兰继芬傻笑的样子，让村庄想起多年没有音讯的傻子兰志芬。

兰志远一回来，兰志远的爸兰伯春就向他表功："你看，黑牯牛一直给你留着。"兰志远却淡淡地说："杀了吧。"兰伯春以为自己听错了，追问了一句："杀了？""杀了！"兰志远肯定地说，然后又淡淡地补充了一句："人吃牛，是自然法则。"

兰伯春不知道什么叫"自然法则"，但他想他儿子见多识广，娶的老婆那么漂亮，开的车那么豪华，说的话那么深奥，他儿子说什么他照办就是了，肯定不会有错。

于是第二天一早，兰伯春就把他家的那头黑牯牛杀了。

村里好几个男人都来帮忙，白青山也找了根粗棕绳过来套牛。大家先是烧了一大锅开水，然后把长年流浪在外的黑牯牛带回来，拴在晒谷坪的电线杆上。黑牯牛一看见兰伯春手上的刀，就明白是怎么回事，牛平静地站在电线杆下面，不挣扎也没有悲哀，牛知道这一天终于来了。

黑牯牛已经太老，已经将近 30 岁。一头活到 30 岁的牛，算是牛里长寿的了，黑牯牛在田野里游荡的时候，时常能够嗅到那些死去的牛的气味——牛们从一头小牛，变成老牛，变成人嘴里的食物，变成肥料，然后被撒到土里，帮助庄稼成长，黑牯牛就从这些庄稼里，看到了作为牛最后的归宿。

这些年，黑牯牛已经不跟人在一起生活，兰伯春家的牛栏，黑牯牛早就不回去了，回去有什么意思呢？牛栏又窄又空虚，牛栏的草也没有以前换得那么勤，再说回去了也没什么事可干，回去了第二天还得出来；最烦的是旁边的那头猪，没事就向牛炫耀吃得有多好，身上的肉有多肥，牛不想看见一头整天哼哼唧唧的蠢猪。

人早就不关注牛，也不跟牛说话，他们的眼里早就没有牛。有时候猫和狗也从牛身边走过，黑牯牛想跟猫狗说话，可是连这些猫狗都不太理牛。这样，黑牯牛只能在野地里游荡，黑牯牛很少偷吃庄稼，因为只要吃一口，就会被人骂半天，黑牯牛不想惹人，所以大多的时间都在岭上。牛更喜欢吃岭上的小草，因为小草的叶脉里，有其他牛的气味——牛的粪便被雨水冲进土里，就变成小草的血液。

黑牯牛活到这样的年岁，已经不太走得动了，牛之所以还坚持活着，只是为了等兰志远回来，因为黑牯牛曾经答应过兰志远要等他。现在兰志远终于回来了，兰志远开着车回来，兰志远的车从黑牯牛身边经过时，黑牯牛嗅到了兰志远的味道，还有一些他不熟悉的味道，黑牯牛知道自己的一生该结束了，所以见兰伯春拿着绳子走过来，牛没有丝毫的抗拒。

现在，黑牯牛没等人来按它的腿，就自己跪到了地下。黑牯牛的头冲着兰志远站立的方向，死之前能够看见兰志远，黑牯牛是幸福的。兰志远走到黑牯牛的身边，轻轻地摸了一下黑牯牛的头，黑牯牛希望兰志远还像以前那样，能够抱一抱它的脖子，但是兰志远没有，兰志远只轻轻说了句“真脏”，然后就走开了。兰志远老婆带着孩子在不远处观望，兰志远走到他老婆身边，同样对他老婆说了一遍：“人吃牛，是自然法则。”

为了把刀顺利地捅进牛的脖子，兰伯春磨了一晚上的刀；当兰伯春拿着明晃晃的刀走来时，黑牯牛轻轻地闭上了眼睛。兰志远的儿子缩在他妈双腿之间，只露出一个头，他惊惧地看着兰伯春刀上的寒光，当兰伯春把刀霍地插进牛脖子，兰志远的儿子尖叫了一声，他听到牛的大动脉咔嚓崩断，一条黑色的巨龙轰隆隆冲向半空，张牙舞爪向四周抓举，伴随着浓重的血腥味，巨龙撕碎自己，然后颓然跌落在晒谷坪上，变成一摊摊猩红的血液……

兰志远的儿子闭上眼睛，抱紧他妈的腿呜呜地哭了。

那一天，整个村庄都飘荡着新鲜牛肉的香味；那一天，兰志远把全村的人都请了过来，围在他家里吃牛肉。

村庄已经不再缺肉，但是村庄却缺乏在一起吃肉：一村的人围坐成几桌，锅里的肉咕噜噜地冒着热气，一屋子闹哄哄的，还未等主人上桌，小娃仔们就已经忍不住，这家的大人只能不停地在旁边呵斥。主人的屁股刚刚坐稳，就听到筷子们清脆悦耳的磕碰声。大家都顾不上说话，大块的肉直往嘴里塞，大碗的红薯酒直往喉咙里灌，直到酒过三巡，直到面红耳热，男人们才开始缓下来，扯着脖子猜拳行令，女人们则在一旁添柴加菜，哄着脚边的小孩。大点的孩子已经吃饱，围着桌子打打闹闹，狗们早已经迫不及待，在人腿间贪婪地啃着骨头，只有猫不屑一顾，猫嫌弃地舔了两口，就卧到角落冷眼旁观。可是人怎么可能在意一只猫呢？人大声地说话，放肆地大笑——大人的呵斥，小孩的哭闹，鲜肉的浓香，塞满村庄的角角落落，连村庄的庄稼和石头，都沉浸地暧昧的微醺之中……

然而这种微醺的感觉，不知道哪一天就消失了。年轻人都已离开村庄，年纪大的张罗了几次，但喝到中途终觉冷清，慢慢地也就懒得招呼了，于是一起吃肉的场景就成为回忆，只在夜深人静的时候，被正在老去的人们细细咂摸。

这回兰志远一叫，村庄隐没在沟缝里的回忆又被唤起。在家的放下烧火棍，放下正在热着的猪潲水，地里的放下锄头，放下没有种完的红薯藤；孙子在身边的，带着孙子来，孙子不在的，就带着自己的影子来。他们在屋角碰到的时候，甚至都有点羞涩。

人老了，牛也老了，连牛肉都跟着老。兰伯春架着大锅，在火上熬了好几个小时，大家都不太吃得动，白庆柱把牙都崩掉了，牙和血和没嚼碎的牛肉吐在碗里，发出一声沉闷的叮当声，白庆柱捂着嘴骂道："这老牛，早该杀了。"

不知道是不是牛太老的缘故，吃肉的时候，大家总觉得少了点什么，好像肉没有以前香了，酒也没有以前醇了，男人们刚刚划了几拳，就觉得没了意思，也就不划了。不划拳也总得找点事做找点话说，于是大家先夸兰志远有出息，夸兰志远的老婆好看，夸兰志远的儿子漂亮，夸兰志远的车神气，夸完后就问兰志远挣多少钱，一个月总有万把块吧，然后便围着兰志远打听城里的事，打听有没有见着自家的某某某，自家的某某某在外面也过得挺好挺吃香的……

这次大家共同的看法是，兰志远跟以前不同了，变胖了，也随和了，虽然话还是不多，但是都说得很有水平，像个大领导的样子。他们还拿兰志远以前的事开玩笑，他们对兰志远的老婆和孩子说："以前志远跟这头牛可亲了，比他爸妈都亲。""志远一直不让杀这头牛，现在牛都老得咬不动了。"兰志远的老婆就兴趣盎然地听着，兰志远大度地说："小时候不懂事，什么话都跟牛说，牛哪里懂得人的事情？"

因为杀牛时被吓着了，兰志远的儿子有点蔫，怎么都不肯吃饭。兰志远也不哄他，只顾着给他爸妈和长辈们添菜，大家问他这些年在外面都做什么，兰志远就笼统地说一声"房地产"，大家就说："房地产好啊，做房地产的都发大财了。"兰志远也没往下接，添完菜又劝酒，喝完酒后对众人说："我要是发了大财，一定会回来家乡投资。"兰志远把"家乡"两个字咬得很重，然后郑重地对他爸他妈和在座的村民说："我要去跟和西老师沟通一下，看看怎么在家乡搞开发建设。"兰志远的一句话里，同时使用了"沟通""家乡"和"开发建设"几个词，大家这才发觉：兰志远不仅跟以前不同了，还跟其他打工回家的人都不一样。

吃肉的时候，和西和江楠都没有来，兰香、兰花、兰草却来了。兰草坐在她公兰春玉的身边，她跟村里的人都很熟，所以毫无顾忌地把筷子从自己面前，一直伸到锅的对面去，满锅去找她最喜欢吃的香菇；兰香和兰花跟村民还有些生分，她们跟兰春玉老婆坐一起，一边往碗里夹肉，一边偷偷拿眼去看这满屋子的人，当然她们看得最多的，是兰志远、兰志远的老婆和儿子。

其实兰志远是去请过和西的，并且是穿着他那套阿玛尼西装。为了与和西的这次见面，兰志远特意去了趟香港，他试了好几身衣服，最后才买下这套西装。兰志远觉得和西是认识阿玛尼的，他穿着阿玛尼去，是想告诉和西他兰志远已经混成个人的样子了。

兰志远不明白自己为什么那么在乎和西。这么多年，和西一直窝在这山旮旯里，既无任何财产，更没干成什么像样的事，甚至连住的屋子种的田地都是租的——和西有什么值得他兰志远看重的呢？兰志远自己也不明白。

去见和西之前，兰志远已经做足了准备，他甚至连见和西时该讲的话，都已经想了好几遍。可在那个已经成为“稻花香集”的小院，兰志远不仅没看见和西，连江楠和三个女学生都不在，只碰上来搬长条凳的白青山。白青山说：“和西老师不吃牛肉。”

白青山说这话时，兰志远想起当年白庆国杀狗，和西到白庆国家的样子，那次和西也说他不吃肉，但那次和西却还是去了……兰志远没有再往下想，他扫了一眼空荡荡的院子，正儿八经地对他外甥白青山说：“去告诉和西，我吃完饭再来找他。”

现在兰志远放下饭碗就来找和西了，还是穿着他那身阿玛尼。吃饭的时候，兰志远也一直穿着阿玛尼——没准和西会突然出现呢，如果和西来的时候他没穿阿玛尼，那这身衣服不是白买了！或者是江楠来也行，江楠看到了，也就相当于和西也看到了。可是兰志远和他的阿玛尼等了半天，既没等到和西，也没等到江楠，阿玛尼的胸口上，还溅了两颗牛油星子，这让兰志远有点气恼。

那两颗牛油星子，让兰志远见和西的心情大打折扣，经过村中心的晒谷坪时，兰志远看见几个打着饱嗝的小娃仔，他们正围着兰志远的 SUV 热烈地争吵。孩子们看见兰志远过来，一下子都不再作声，都崇拜地看着兰志远，如同看一个遥不可及的外星人。兰志远就从孩子们崇拜的目光里穿过，当他从那些目光中走出来时，心里的沮丧才稍微减轻了一点，心情也慢慢地变好起来。

虽然原来的两间平房，已经成为今天的阁楼小院，但在兰志远看来，这个院子却是村庄唯一没有变化的地方。黄老培和白庆柱几家，虽然都重盖了房子，还都是两层的楼房，但在做房地产的兰志远看来，黄老培们增加的只是乱，只有小学校还是以前那样，与村庄保持着距离，与世俗保持着距离。因为这距离，兰志远有点明白自己为什么那么在乎和西了，兰志远想让和西知道，兰志远是懂得欣赏这种距离的。

兰志远走在通往学校的小路上，他看见了田野里参差不齐的农作物。其实早上兰志远已经走了一遍，但那时他的心思不在那上头，那时他只想着请和西去吃牛肉。这回兰志远是要跟和西谈一谈村庄的未来，因此他就看见这些农作物了，并且看见了这些农作物上头，都写着它们各自的经济价值：红薯叶趴在土地上，虽然叶子很稠密，但那姿势却是低贱的；黄豆和花生，看上去有点小资，其实也不值什么钱；生姜和大蒜个头不大，但这两年却意外爆发，所以总带着一点点趾高气扬；至于那些西红柿、辣椒什么的，看上去乱七八糟，也是可有可无；只有那些罗汉果，在兰志远眼里，它们一点点攀到高高的棚顶，每一个果子，每一张叶子，长得都更像钱的样子——虽然比不过旁边一块田里的香椿，可是香椿有那么多的可能性吗？至于那些稻禾，稻禾实在太普通了，普通得只能成片成片地站着……

兰志远要跟和西谈的，就是让村庄所有的土地，都发挥出它最大的经济价值。

兰志远是因为穷才离开村庄的，现在他回来了，他带着一个远比所有农作物长得都宏大的蓝图，他要回来改变村庄。兰志远觉得只有和西能懂他，也只有和西会支持他。

那一天，没有人知道兰志远跟和西具体都谈了什么。

他们只看见兰志远跟和西一起，他们站在和西那两亩稻田前。那时候稻子刚刚收割完毕，新割的禾茬口一排排整齐地看向天空，稻草的香味也在空气里毫不吝啬地延伸着。兰志远一手叉腰，一手向着田野大幅度地挥动——见过的人都说，兰志远的样子，很有点像大领导；看见的人还说，旁边的和西明显矮了很多，他站在兰志远的身边，只是淡淡地笑。

兰志远从和西那里回来的时候，已经把阿玛尼脱下来搭在手腕上。他兴奋地走在学校通往村庄的小路上，这次除了看脚下的路，他再也没有兴趣抬头看那些农作物第二眼。

兰志远第二天就离开了村庄。兰志远走的时候，再次穿上他的阿玛尼，胸前的那两个牛油星子，已经被蹭得更大了，有点像是附在黑牯牛身上的牛虻。

全村的人和狗都来相送。兰志远一家三口从屋里出来，身后拖着他爸他妈他姐和从学校赶回家的他小妹；兰志远走向晒谷坪去开他的汽车时，村里吃过兰志远牛肉的人和狗们，都陆陆续续地汇集过来，兰志远就不断跟汇集过来的人解释：“公司的事情太多。”“过两天要出国考察。”“下次有时间再回。”村长不知从哪里听到了风声，也从红源那边赶过来，村长握着兰志远的手，一边掂量着兰志远的分量，一边不停地摇：“欢迎回家乡投资，欢迎回家乡投资。”白庆柱也想过来握手，村里人只有他握过手、会握手，但是白庆柱犹豫了一下，还是没伸出手来。

兰志远这次把白青山带走了。兰志远说他的公司是专门卖房子的，他想让白青山跟着他去卖房子。兰志远说公司得有自己的人，有自己的人才能放心；兰志远说白青山虽然没什么文化，但是年纪轻、脑子活，培养一下说不定可以成骨干；兰志远还说可惜村里的人都没什么文化，不然都可以到他公司去打工；兰志远最后反复叮嘱他小妹兰小芬：“你哥就是吃了读书少的亏，你一定要好好读书，将来好给哥当帮手。”

白青山早早坐进了 SUV 的副驾，兰草在远处巴巴地看着他，白青山假装没有看见；黄狗老六冲白青山汪汪地直叫，并且爬上车来拽白青山的裤腿，白青山踹了他的狗一脚，把车门掩上了。白青山的眼睛躲过兰草和他的狗，虚幻地看着远方，虽然远方已经被山挡住了，但是白青山感觉自己能够透过这些山，看到真正的远方。

白青山有点奇怪，他以前是去过外面的远方的，可是那次他觉得远方一点都不好，可为什么这次坐在车里，就觉得远方不一样了，好像远方变得更远了似的。白青山偷偷在兰志远的车里睡过一宿，白青山不认识这是什么车，只觉得那排 Land Rover 的英文很漂亮，白青山跟这辆车已经很熟了：那软软的皮座椅，硬硬的方向盘，车头上的各个小按键，放置各种用品的暗箱和凹槽，还有播放音乐的影碟机，白青山简直觉得自己都可以开这辆车了，他恨不得问他舅要了钥匙，自己把车开到山外去。

白青山的妈兰继芬在车窗前，反反复复交代白青山，出去了记得去找他爸白庆国，记得让白庆国不要那么拼那么累，记得让白庆国早点回家来……兰继芬啰啰唆唆的，白青山心里不自在，又有点不耐烦，他狠狠地对他妈说："妈你放心，我过好了接你出去住。"白青山这一说，兰继芬的眼圈就红了，反过来又来交代她弟兰志远："找到你姐夫，让他跟着你干，随便做点什么都行。"兰志远答应着他姐，还有村里其他的人。兰志远既感到责任重大，又感到分外地自豪。

兰志远的老婆和孩子早就坐好了，兰志远的儿子嫌他爸啰唆，也不愿再跟爷爷奶奶多说话，眼睛只定在车头的熊仔香熏上，机械地不停地催促着："走了走了走了……"兰志远直到觉得把每个人都充分照顾到了，才终于坐上车来，发动了他的 Land Rover。

车开出村庄的时候，兰志远一直没有说话，好像有什么事遗漏了似的。白青山的狗一直追到岭的那边，白青山摇下车窗，不停地骂它喊它回去；狗直到追不上了，才终于无望地慢下脚步，冲着车屁股汪汪地叫几声，天黑了才讪讪地转回家来。

22. 黄狗老六的心事

兰志远走了，像是带走了点什么，又像是留下了点什么。这次回来，兰志远没提找傻子兰志芬的事，好像兰志芬已经不存在了一样。兰志远家的那头黑牯牛，被村民的肠胃消化后变成粪便，一部分撒在了菜地，一部分仍然沤在粪坑里，等待来年开春时催肥庄稼地。

可是，还有多少人在乎村庄的庄稼地呢?

村庄已经被分成了三部分，一部分在外出打工的人身上，这些人里，有的一年回来一两次，有的两三年回来一次，有的出去了就再也没有回来。那些回来或没有回来的，把城市零零星星地拼凑给村庄，于是在无数的夜里，村庄在越来越稀薄的星光中，想象着城市的高楼和霓虹，想象着妖艳的明星海报和街头广告，但无论村庄怎么想象，都想象不完城市的好。衣锦荣归的兰志远，让村庄的想象变得具体，于是在村庄的梦里，那些像稻粒一样散落在城市的农家子女，正变成一个个的兰志远，有朝一日把村庄完完全全地带向城市。

村庄的另一部分是镇上念书的那些孩子。大一些的，已经能够独立生活，他们寄宿在学校，他们的老师，总把他们引导向一个叫作“远方”的词语，好像去得越远就越有出息，其实这些远方他们的老师也没有去过。小一些的，每个孩子的后面，都挂着一个老人，他们每星期回来一次，天凉了带两件厚衣服，带点村庄的辣椒茄子，有竹笋的季节，掐一把鲜嫩的笋尖，焖一锅腊肉蘑菇糯米饭；有时他们也把带出去的东西，分一点给镇上的亲戚，总之他们要把日子过得像镇上人那样，在节俭中透着大方，在大方里精打细算着。这部分人虽然在城市和村庄的中间，却连接着村庄的两头，一头是崭新的节节在长的未来，另一头却正在衰老，代表着村庄正在荒凉的现实。

留在村庄的那部分，是更老的大人和更小的孩子。这些人已经聚不起来了，晒谷坪的那些青石上，已经落了厚厚的一层泥灰，偶尔谁想在上面坐一下，都得用袖子或手掌擦抹半天；坐在石头上的人，好半天看不到一个人过来，于是自言自语几句，起身自己走了。人一少，村庄便让给了荒草和野树，有些房子上了一把锁，人就没了踪影，有些房子只有日头在门口走过，半天听不到人声；猫狗和鸡鸭变得少了，它们整日在外面晃荡，人不叫就不回来，人叫了还磨磨蹭蹭的；田地里的草也长得比庄稼快，路上的蛇虫也多起来，打柴的也少了，打一点就能烧一年，山上的树越来越野，它们招来的风都是陌生的。白天里，村民只做一些容易做的事，到了晚上，刚吃过晚饭，村民就早早地睡了，村民已不在乎山里的野猪又回来了，也不在乎野地里游荡的鬼故事，村民的很多时间都是在屋里和梦里过的。

村民已经在梦里走远了，可是村民并不知道。村民一直以为，草长高一点有什么关系？树长杂一些有什么关系？野兽啃掉一些庄稼有什么关系？……只要还有人待着，还有房子待着，还有锁锁着，村庄就跑不了。

村民已经在梦里走远了，可是村民并不知道。村民一直以为，草长高一点有什么关系？树长杂一些有什么关系？野兽啃掉一些庄稼有什么关系？……只要还有人待着，还有房子待着，还有锁锁着，村庄就跑不了。

村庄把自己更多地让给了野草和野风，也把更多的田地让给了和西。这一年，和西已经租下了好几十亩田地了。

和西租下那么多田地做什么呢？他又不会种。可是和西无所谓，他只请人在春天里把水田耙好，把稻种撒下去，能不能长出稻禾，长得好不好，结的穗够不够多，和西都无所谓。而和西只种稻谷，别的什么都不种，大家都劝和西搭配着种点赚钱的吧，可是和西都像没有听见。弄到后来，村庄只有和西在种稻谷了，附近的山野里，只有和西的那几十亩稻田，春天里水汪汪的，夏天绿成一片，秋天的时候，那整齐的金黄色，被打散在村民的农作物之间。大家都来帮和西收稻谷，明明他们是地主，结果却变成了和西的短工。与此同时，村庄的人都到和西这里换粮食，有的直接就把稻谷抵成租子，他们不在乎和西能交多少租金，反正田地闲着也是闲着，让和西种着，能够有点收成，总比荒着要强。但是和西从来就不欠他们的租谷，今年的粮食不够，明年补足，把稻田租给和西，终究是划算的。

和西只种稻谷，和西种稻谷只做两件事：选种子和看田水。

和西对种子是挑剔的，他编了个可以调节密度的筛子，先把那些干瘪的和个儿小的种子筛出去，然后抱着一个竹箩，把种子倒进去一粒粒地拨拉。和西的几十亩水田，一年能种十几个品种，长粒、圆粒，白米、红米，糯米、糙米……和西什么米都有，小学校的那个粮仓里，那个木格子越来越复杂，稻米堆得也越来越高。

和西把种子选好后，总有村民自告奋勇来帮他发种、撒种。插秧和收割基本用机器，割禾的时候，和西有时会只留下一两亩，让村民过过打谷子的瘾。这种时候，和西便拿出百十块钱，备一桌酒席，村民玩儿似的边干活边闲聊，太阳还没落山就收工了，回去围桌喝酒才是目的。如果人数够了，还会打打字牌，几圈打下来，人也困了，就地在一张凉席上囫囵着睡去，讲的梦话都是有关打谷子的事。

和西做的另一件事就是看好稻田的水。和西看水，不在早上，也不在白天，而是在夜里。和西仍然保持夜间到田野走动的习惯，夜里的各种虫熟悉和西的脚步，和西一到，虫就停下鸣叫，好像专等着他过来似的。稻谷都喜欢在夜里长，白天吸足了阳光，晚上趁人不注意，拔一个节，抽一个穗，第二天人一起来，就看见稻禾又长高长好了一些。

白天和西坐在稻田边，从容地做着自己的事，到了晚上，他便在田野里巡视一遍，看看这里的水多了，那里的水少了，顺手在河沟里拨拉一下，让水按照稻禾的需要流进流出，这时候，和西便听到稻禾邀约着一起长高长壮的声音。碰到干旱或下暴雨，和西也会在白天出来，手上拿着一个水勺，旱的时候舀几勺到田里，涝的时候舀几勺水出来，好像他只要舀一下，田里的水就会自动地变多或者变少。

这几年里，和西发觉村庄的虫声也越发地杂乱了，蛐蛐和青蛙少了很多，取而代之的是一些和西不太熟悉的蜱虫、刺虫和瓢虫，这些虫都不喜欢叫，模样也不太招人喜欢，和西就总躲着，只往蛐蛐和青蛙稠密的地方去。白天还是那些知了，这声音像风刮一样，塞满整个村庄，你如果不听，它就不在；你如果听了，就感觉它要把日子叫破似的。人生气起来，把鞋子一脱，扔到树上，知了停一会儿，待鞋子落到地下，知了又开始狂叫起来。

和西不讨厌虫叫，他的大脑汇集了各种各样的虫声，夜里只要听上一耳朵，他就能听出田野里都有什么样的虫，甚至地下几尺的虫子，和西都能听得到。

自从白青山跟兰志远走后，白青山的那条狗就很不自在。开始的一阵子，黄狗老六总在村庄嗅来嗅去地找白青山，好像白青山在哪个地方藏着似的；两个月后这狗索性生病了，一天比一天瘦，一天比一天懒怠，病到最后，干脆就蜷在白青山家的廊檐下，不吃不喝的，只留一丝气看着院外的日头。

本来一条狗病就病了，就是杀了吃也没什么了不起。村里人也劝兰继芬，早点杀还有点肉吃，杀晚了，都瘦成骨头，就像她爸家的黑牯牛一样，连吃的都没有了。可是兰继芬却不敢，因为这条狗是白青山的。

那一年白青山去赶圩，回来的路上，野地里碰到了这条狗。那时这条狗还小，也就两三个月的样子。当时狗坐在路边，好像在等白青山似的，白青山过来的时候，它眼巴巴地看着白青山，白青山一走，它就冲着白青山后背叫，白青山回头看它一眼，它不叫了，白青山抬脚，它就又叫起来，如此反复几次，白青山看不过去，就对狗说："你跟我走吧。"于是这狗就成了白青山的狗。

据说白青山和狗回到家后，白青山坐在凳子上歇息，那狗就走过来，沿着白青山的脚背一下爬到白青山的膝盖上，伸长脖子在白青山脸上舔了一下，有点像盖个戳占个地盘，对白青山宣示"你是我的"。做完这些，那狗定定地看白青山一眼，从白青山膝盖上溜下来，甩着尾巴玩去了。

这事白青山只对和西说过。黑猫老六死后，白青山跟别的猫狗都不太亲，直到这只狗出现。但白青山心里，始终是有那只猫的，他不太跟人提他家的这条狗，好像说得多了，就是对那只猫的背叛。

因为黑猫老六，白青山差点没了命，为此兰继芬一直耿耿于怀，因此对白青山留下的这条黄狗，兰继芬也不敢大意。兰继芬叫了她爸兰伯春来看，兰伯春煮了好鱼好肉扔到狗的面前，狗看都不看一眼；兰伯春又唤了村里两条正在发情的母狗过来，白青山的狗还是无动于衷，于是兰继芬只能去请黄老培。

黄老培学过点兽医，以前村庄骟个牛阉个猪什么的，或者谁家的牛病了猪不吃食了，都爱找黄老培。虽然黄老培也没治好过哪头猪哪头牛，但大家都不说黄老培医术不行，只说是那猪或者牛病得不行了；黄老培这时也一定会善良地告诉大家，这病死了的猪肉或牛肉，是能吃还是不能吃，是可以正常地煮来吃，还是必须高温焖多久才能吃。

黄老培来到兰继芬家，扒开狗的眼睛看了看，对兰继芬说，"煮一点还魂草喂给它，或许还能活过来。"兰继芬就满山野去找还魂草。兰继芬端了一大碗汤药放到狗的鼻子前，狗一伸腿把汤碗碰翻了，闭着眼睛换了个躺的姿势，兰继芬无法，最后她想到了和西。

本来兰继芬是不愿惊动和西的。兰继芬觉得和西虽然在村庄生活了近二十年，但和西始终都像一个陌生人，兰继芬不习惯跟陌生人说话。只是以前白青山在家，有事没事就往和西那里跑，在和西那里待的时间，比在家待的还要多。兰继芬就想，既然是白青山的狗病了，那和西总该是有办法的。

就这样，和西第二次来了白庆国的家。除了小学校门前的两窝蚂蚁，和西从来没有养过别的动物，所以对白青山的狗，和西并没有什么把握。可是既然兰继芬请他，再加上这条狗是白青山的，和西还是决定跑一趟。

平时没什么事，和西也不太过来。这次走进村庄，和西发现青石路面的缝隙，不知什么时候被人用水泥填了起来，可能是水泥和得不好，人走着走着，就走成了水泥碎块，让整个路面看上去七零八落的，那些封死在缝隙里的枯草，又斜斜地长出一两根来。

村庄的晒谷坪上，黄老培老婆正带着孙子也就是黄明的二儿子在看狗“打架”。两条狗在黄老培老婆的眼皮底下，哼哼唧唧地上下动作，公狗的那东西又长又粗，看得黄老培老婆直喘粗气，孙子摔倒在地都没有发现。两条狗完事后，公狗擦了擦母狗的脖子，心满意足地玩去了，黄老培老婆收起意犹未尽的目光，这才看到和西从村口那边过来。

和西走到近前，黄老培老婆笑着问他去哪家，和西说去兰继芬家看狗。黄老培老婆心思还在刚才的两条狗上，听到和西说狗，脸一下子红了。和西又说，听说你家黄老培去看过了，黄老培老婆这才反应过来，她收起刚才的尴尬，得意地扬起老脸，对和西说："不是吹的，我家黄老培都看不好的狗，谁还能看得好？"和西没再接话，更没有改变一丁点步伐，黄老培老婆于是背起她的孙子，也跟在和西的后面。

兰继芬家门前有十几级石阶，和西刚爬上几级，就看见兰继芬家敞开的院门里，黄狗老六躺在廊檐的石阶上，微闭着眼睛，一副生无可恋的样子。

听到和西的脚步声，狗的尾巴动了动，鼻子也跟着歙动了一下，然后眯出一条眼缝，疲倦地看了和西一眼，看到后面的黄老培老婆，又把眼睛闭了回去。兰继芬正在屋里喝粥，听到黄老培老婆的声音，便从屋里喊出话来："是哪个？"端着饭碗走出来看。和西说："你忙你的。"兰继芬便说了几句与狗有关的话，招呼黄老培老婆进屋去了。

和西蹲在狗的面前。白青山在的时候，这狗总跟在白青山后头，和西很少注意到它。这会他发现这狗跟村庄的狗不太一样：村庄的狗大多毛短，薄薄一层贴在皮肤上，摸上去滑溜溜的特别硬实；而这条狗的毛却是浓密的，有半寸长短，虽然手感柔软，却不太容易让人探到心思。狗的鼻子和眼睛下有一圈黑晕，眼睛下边积了不少的眼垢，和西看了看，掏出手帕替狗擦干净，然后问狗到底怎么啦。狗也不说话，一会儿看看和西，一会儿把眼睛闭上，和西跟狗说了很多，直到兰继芬和黄老培老婆从屋里出来，和西才站起来对兰继芬说："你家有电话吗？我给白青山打个电话。"

兰继芬想了想，把衣兜里的手机掏出来，可是兰继芬家没有信号，和西拿着手机满屋子地找，在屋后的那棵樟树下，和西突然停了下来对兰继芬说："这棵树下有东西。"兰继芬没听明白，和西又说："我听到了虫的声音。"但是和西没有就虫的问题跟兰继芬讨论下去，兰继芬也没心思问。

因为村庄没有信号，给白青山的电话终究没有打通。然而后来白青山却说，那天他确实在深圳接到了和西的电话，还听到了他家的狗叫。白青山说，他还跟他家的狗说了几句话。

不管和西做没做什么，白青山的狗终究从那一刻起，慢慢地好了起来。一开始是狗愿意动了，首先是变换了几次姿势，不久后便躺着吃兰继芬喂的东西。有一天兰继芬在厨房里炒菜，她没舍得开灯，屋里的光线有点暗，只有灶塘的火在红红地跳动着，兰继芬突然觉得有谁悄没声地站在身后，回过头来看，原来竟是她家的狗。

年后白庆国回来翻建屋子，在靠近樟树的地方，挖到了一罐铜钱和一副扑克牌，兰继芬这才想起那天和西的话，和西说："这棵树下有东西。"和西还说："我听到了虫的声音。"于是兰继芬不着边际地对白庆国说："一条快死了的狗，和西就跟狗讲了几句话，狗就好了。"

当然，这是后话。

多年来，货郎挑着他的货担，走过无数的乡村平原，也见过无数的世态人生。有一天，货郎来到一个幽静的湖边，他放下担子，坐在石头上歇息。太阳很大，天气有点热，货郎用扇子扇着风，一扇一扇的，阵阵清风被扇到脸上身上，货郎舒服极了，他靠着石头，不知不觉就睡着了。梦里货郎看见一大片金黄的稻田，田野里很多的扑克牌在欢快地劳作，货郎在这些劳作的扑克牌里，看到了他自己。

醒来之后，货郎决定不走了。货郎用茅草和泥巴，在湖边搭建了一个茅屋，并用货担换来的锄头和镰刀，开垦出一片水田。货郎在水田里撒下稻谷，春天的时候，稻禾鲜嫩鲜嫩的，青蛙和水鸟们都来观看；到了夏天，蜜蜂和蝴蝶也飞来了，还有长尾巴的蜻蜓；蜻蜓用屁股在禾苗上蹭来蹭去，四处播撒情种；收割的季节，货郎把稻谷晾晒在田野里，稻谷的香味又引来了路人，这时候货郎真切地觉得，没有什么比播种下去就会有收获的生活更加美好。

就这样，一年一年的，货郎用湖里的水灌溉稻田，把收到的稻谷跟人交换，他的稻谷越种越多，他交换的东西也越来越多。货郎闲下来的时候，又建了一些的房子，一些路过的人觉得房子不错，种植稻谷也还好，也就在房子里留了下来；留下来的人跟货郎一起种植稻谷，建更多的房子，慢慢地人越来越多，这里就变成了一个村庄。

年复一年，日复一日，货郎的后人一直在这块土地上生活。他们以稻谷为生，也从来没有怀疑过这种生活方式，因为他们来到这里，就是来种稻谷的。旧的生活消失了，新的生活又覆盖在上面。新来的人，不知道前面人的日子，前面的人被埋进泥土，托着新来的人。一茬一茬的生活，一茬一茬的人生，人在时间里老去又新生，时间在村庄的轮回里却永远是新的。

有一年铺天的灾难突然降临，货郎的后人被捕杀殆尽，只有一个十几岁的孩子从那场血腥的灾难中逃了出来。孩子逃走的时候，身上除了货郎当年留下的一副扑克牌，什么也没有带走。这孩子就靠着这副扑克牌，走南闯北，漂洋过海，度过了他魔幻般的一生；当孩子拥有足够力量的时候，他已经成为一个年迈的老人。

老去的孩子，对他的后人说，在一个种植稻谷的村庄，埋藏着他祖先的一副扑克牌。老人也想把自己变成扑克牌，可是他不知道变成哪一张好，他把手上的扑克牌交给他的后人，他问那十几岁的孙辈说：“你愿意我变成哪张扑克牌？”

从此，无数的孩子开始寻找命运的扑克牌，他们在世间游走，不停地追问自己到底是哪一张牌，他们不知道他们想要的答案其实埋在村庄的脚下。

23. 撞向心口的黑太阳

江楠已经在石头上画下第六幅画了。

第一幅画，在“稻花香集”前面的稻田里。这块石头比较圆润，形状有点像一头卧着的耕牛。早些年学校还没撤销，学生们喜欢爬到石头上玩，一个摞着一个，在石头上滚，把石头磨得溜光水滑的；学校搬到红源后，和西偶尔会在上面晒些果皮花生，天色黯了，石头一点点凉下来，空闲的时候，和西便也在石头上坐坐。

江楠画这幅画的时候，稻子刚刚抽穗，稻田的上空，每天都盘旋着一群蜜蜂和蝴蝶。因为田水没有抽干，要到达石头跟前，必须光着腿脚。有次江楠小腿被蚂蟥吸上，吓得花容失色又叫又跳，把白青山逗得嘎嘎大笑。白青山笑够了，才不紧不慢地点燃一支香烟，用烟头把蚂蟥熏了下来。从此以后，江楠再去画时，身上就会带上香烟火柴。那些被江楠踩倒的禾苗，被白青山小心地扶正后，竟奇迹般地活得比原来更好。

这第一幅画，江楠画了一个多月。江楠本来用不了那么多时间，主要是因为中间下了几场雨。一次是江楠刚刚打了个底，一场雨就把颜料冲没了，江楠只得重新起笔；画到一半的时候，又下了次小雨，把头天画的东西淋得模模糊糊；最后一次本来都画好了，却在晾干之前碰到一场暴雨，雨后画面倒也能看，可是却没了细节，江楠只能洗掉重画。

从禾苗抽穗，直画到稻穗泛黄，江楠的画才终于画成。画面上的东西有点怪，远看像一个男人在干农活，光着半边的身子，可是近看又不太像；晃眼一瞧发现那人是站着的，仔细一看又有点像弯着腰；那些颗粒饱满的植物，也看不出像什么东西，更看不出是长在人的身旁，还是印在人的衣服上。白青山歪着头看了半天，也看不出这幅画到底是什么意思，可是江楠却盯着和西的眼睛，言之凿凿地说，这幅画叫“梅花 9”。

江楠的第二幅画，就在“梅花 9”旁边。与“梅花 9”褐色的基调形成反差，这幅画花花绿绿的，画面中有一张女人的脸，蝴蝶和蜻蜓在女人的嘴唇和眼睛之间上下飞动，女人口含稻穗，望着“梅花 9”的方向，江楠说，这幅画叫“红桃 3”。

江楠还画了“梅花 4”和“黑桃 8”，另外还有大小王。“梅花 4”在通往山外的路边，那里有一块像鸟一样的石头，这块石头江楠进山的第一天就看到了，所以当她重新站在石头跟前的时候，一眼就认定这块石头可以画“梅花 4”。江楠画的“梅花 4”，本身就是一只鸟，鸟的喙是合拢的，眼睛很亮，目光却有些飘忽，江楠说，“梅花 4”太善良，他总是不知道自己想要什么想去哪里。

“黑桃 8”所在的位置有点远，在南山的东边，要从山脚绕过去才能看到。江楠是去看兰志铃的鸟屋时，才发现那块石头的。

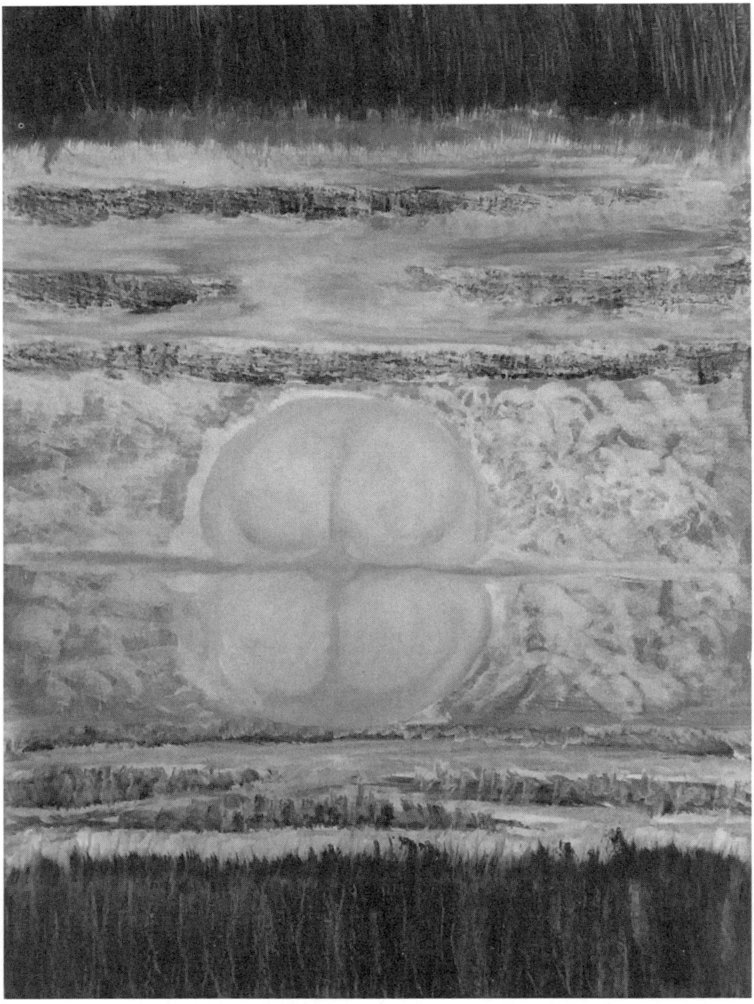

他记得老家的太阳是红的，每天黎明，那太阳便从东山升起，一开始东山像戴了一顶金红的帽子，然后西边的屋檐开始亮了，像刷了一层金粉，那金粉慢慢融化开来，从西向东漫延，当金光刷遍整个村庄的时候，村庄就亮了。白庆国想回家看看老家的太阳。

石头藏身在树丛之中，模样像一头狮子，江楠把低矮的灌木砍掉，才终于爬到了石头上，然后又站在石头上，把树木高过石头的部分修掉。因为石头太大，江楠只在正面画了个仰卧着玩扑克牌的人，江楠说，这幅画叫作“黑桃 8”。

画“大小王”有些不顺，江楠在田野里最醒目的地方找了两块石头，好不容易把“大小王”画好，又觉得这两块石头没有找对，于是把画刮掉，在山脚视野比较好的地方，找了另外两块。江楠先画的“大王”，画完后再画“小王”；可是画好“小王”的时候，去看画好的“大王”，总觉得哪里不太对；修改过后再来看“小王”，又觉得“小王”走了样子。反反复复好多次，江楠的“大小王”虽然一直都在，但她一直不满意。

不满意也只能这样了。6 幅画画完，已经过去了半年多，江楠再想画“红桃 A”时，白庆国再次从外面被抬了回来。

这次白庆国是从脚手架上摔下来的。也是白庆国命大，他摔下来的地方不算高，半空中还被一截木板挡了一下，虽然造成颅骨骨折，颈椎和胸椎都有损伤，但总算把命保住了。

白庆国是自己摔下来的，工程队不肯支付医药费，也无钱支付医药费。还算白庆国运气好，听说白庆国施工的那栋楼，其中有几套房是某重要部门领导预订了的，领导有点迷信，开工前反复交代千万不能发生事故，因此白庆国摔伤后，开发商怕把事情闹大，才替白庆国把医药费付了，但前提是施工队必须清退所有超龄的工人。

白庆国在医院昏迷了两天两夜，醒来后，话还没说利落，第一念头就想着要出院。白庆国说这点伤不碍事，上回不也摔坏了么，回家养养就好，其实白庆国是舍不得花那钱。白青山告诉他开发商把钱付了，白庆国这才安心了一点，这时白庆国试图挪动一下，可是他全身都被夹板夹着，根本就动弹不了，只在心里动一下，就痛得了不得，白庆国这才意识到这回好像跟上次有点不一样。

在医院的那段时间，白庆国闭上眼睛，就在回想他当时是怎么摔下来的。是啊，他怎么就摔下来了呢？他不是好好的吗？白庆国记得那天下午，他提着电焊枪在焊接一段钢管，电焊的火星四处飞溅，他的眼前也金星直冒。蹭得太久，白庆国想伸腰透一口气，刚站起来，就看见有个太阳直撞向他，那太阳是黑的，一下子黑瞎了白庆国的眼睛，他一阵晕眩，然后就什么都不知道了。现在白庆国再想起那个太阳，还觉得有些奇怪，太阳怎么可能是黑的呢？白庆国想不明白，越想不明白他就越用力地想，想着想着，一滴眼泪就从眼角流了下来。

在医院待了二十几天，白庆国想回家了。白庆国记得老家的太阳是红的，每天黎明，那太阳便从东山升起，一开始东山像戴了一顶金红的帽子，然后西边的屋檐开始亮了，像刷了一层金粉，那金粉慢慢融化开来，从西向东漫延，当金光刷遍整个村庄的时候，村庄就亮了。白庆国想回家看看老家的太阳。

白庆国想回家的时候，白青山也想家了。白青山在他爸床前守了二十几天，他闻够了医院的气味，他觉得那气味里有一只手，直伸进他的喉咙，要把他吃进去的东西掏出来，他很烦那种气味，却又摆脱不掉，因此当白庆国提出要回家时，白青山第一次跟他爸找到了共识。

于是白青山开着他舅兰志远的车，一路从深圳杀回到镇上——白青山到城里后，还没开始上班，第一件事就是去学了个驾照，拿到驾照没多久，他爸白庆国就给了他这次开长途的机会。白庆国躺在后座上，一路上两父子有说有笑的，白青山第一次发现他跟他爸白庆国居然能有说有笑，白青山还发现其实他一点也不恨他爸，其实他心里还是蛮佩服他爸的。

白庆国这次回来后，老实了很多，他整天躺在床上，任由兰继芬给他倒屎倒尿，有时还故意把屎尿拉在床上，让兰继芬来骂他。兰继芬居然也不生气，她甚至是欢喜的，兰继芬只把白庆国当成一个小孩，她把白庆国揽到怀里，翻过白庆国的屁股给他擦洗，擦完的时候，还轻轻地拍打一下，像拍一个婴儿。白庆国就趁机去摸兰继芬的奶子，摸到了把那奶子放到嘴里用力咬一口；这时候白庆国才发现，兰继芬的奶子不知道什么时候已经垂到下腹那里了。

有天夜里，白庆国问兰继芬："咱们家有多少钱了？"兰继芬不安地看了白庆国一眼，警惕地问白庆国要钱干什么。白庆国说："拿给我看看。"白庆国的眼睛很亮，兰继芬盯着白庆国看了好久，然后极不情愿地翻身下床，搬了张凳子放到床上——怕把床单搞脏，还特意垫了张报纸，这才小心翼翼地站到凳子上，伸长手去够她家的房梁。

白庆国躺在床上，他屏住呼吸，看着兰继芬做这一切。兰继芬伸腰的时候，白庆国看见兰继芬露出的一截肚腹，那肚腹很白，白得让白庆国陌生，白庆国甚至怀疑这是不是兰继芬的身体，难道这么多年里，这截肚腹就一直藏在兰继芬的衣服里，跟兰继芬一起守着活寡？白庆国都有点恨自己了！白庆国正在胡思乱想的时候，一个很大的布包掉了下来，掉在白庆国身上，白庆国一把把布包扔在床里边，骂了句："死婆娘，把钱藏那么死，也不怕老鼠啃了。"话没说完，一翻身就把兰继芬掀了下来，并把她压在身下。兰继芬这才发现，白庆国不知什么时候已经可以动弹了。

那天夜里，白庆国和兰继芬点着灯，像玩扑克接龙似的，把他家的票子摆在床上，绕了好几个圈。等两口子把钱数清楚时，白庆国的眼睛再次闪闪发亮，白庆国说："咱们给儿子起栋房子吧。"

那时候白庆国的儿子白青山已经回到村庄，白青山送他爸回来，又把车开回去还给他舅，然后就直接从深圳回来了，白青山对兰草说："城市没意思，深圳没意思。"

白庆国把起新房的意思告诉白青山，白青山再次跟他爸找到了共鸣。

白青山马上张罗着去各处看砖看瓦。白庆国对白青山说，咱家要买最好的红砖，要盖最好的青瓦，要用最好的木材，要建村里最结实最豪华的楼房！白庆国还为此画了一张图，虽然图画得有点难看，但这是村庄第一张有图的房子，白庆国说："你爸出去那么多年，也不是吃素的。"

24. 黑花蛇与香樟树

房子在2010年秋天动工。那时田里的活计少，天气也比较干燥，烧出的砖瓦也更亮堂。白青山早早通知了远近可以来帮忙的人，两个年纪稍大的帮工，还领着孙子一起来——多个孩子多张嘴，他们都不太好意思："家里没人看。""这孩子太淘，放家里不放心。"他们故作客气地说。可这有什么关系呢？兰继芬马上把孩子接过来，放到其他的孩子中间，兰继芬才四十多岁，还有的是力气，做事利落得很。

白庆国建房的理想比较宏大，必须要把原来的地基扩出去几米，这样就动到了屋后的那棵樟树。在白庆国还小的时候，这棵樟树就在那里了，白庆国也不知道这棵树已经活了多少年。"起码几百岁了吧。"白庆国扶着树干，看着树上老叶带着旧叶，旧叶夹着新叶，胡乱地说。

其实白庆国是舍不得动这棵树的，可是这树的位置不偏不倚的，刚好在他规划的墙根下，再加上兰展春老婆在县城有个亲戚，那人想把樟树扛回去打沙发，还出了个不错的价钱，于是白庆国就动了心思。

白庆国着手砍树的头一天，兰继芬赶圩买了半只猪回来，晚饭割了一块供到香火上，剩下的都用盐腌好放在脸盆里。饭做好后，白庆国突然想给樟树烧炷香，他把香插到树下，还鞠了三个躬。本来就是一棵树，它在你家屋后待得久了，就成了你的家人，它真要从这个地方消失，你还有点舍不得。吃饭的时候，白青山就说："樟树不卖，留着我自己打家具。"白庆国看了白青山一眼，说："你打得好？"白青山说："好不好反正不卖树。"白庆国就不再说什么。

那天夜里，白庆国和兰继芬早早就睡了，也不知道白青山玩到几点回的。第二天天刚亮，兰继芬起来烧火做早饭，她揉着惺忪的眼睛，一边扣衣服一边去水缸里取水，蒙眬中有个东西团在水缸盖上，兰继芬正要伸手拿开，突然那东西动了一下，兰继芬定睛一看，这才发现是一条黑花蛇。

山里人见的蛇虫多，兰继芬倒也不是特别怕，她返身去喊白青山和白庆国，两父子趿着鞋从卧房跑出来，白青山还顺手从门后抄了根扁担。白庆国见状，赶紧拦住白青山，并拿过白青山的扁担，轻轻地捅了黑花蛇几下，然后拉着他老婆和儿子，三个人退至灶门口的门槛处。被惊动的黑花蛇团了团身子，把头高高地抬起来望了白庆国们一眼，然后慢悠悠从水缸上下来，目不斜视地穿过厨房，长长地摆了两米多长，从后门悠然出去了。

白庆国再也无法继续睡觉。这个时候，家里突然出现一条蛇，这是什么预兆？兰继芬也有点慌，莫不是惊动了什么神？他们很快就联想到已经动工的房子，白庆国抬头看见了屋后的樟树，心想莫不是这樟树成精了？樟树精知道白庆国要动樟树，出来警告他？白庆国破天荒把老婆儿子聚到堂屋，开了白家几十年来的第一次家庭会议。

白庆国家还在开会，干活的人却陆续到了，白庆国就把蛇的事讲给大家听，来的人也觉得奇怪，大家就帮着白庆国一起分析。一群人坐在白庆国的堂屋里，东拉西扯越说越远，他们的孙子孙女在脚边打打闹闹，如同回到当年生产队开会的光景。

最后是白青山出来说话：“樟树不砍了，就做树墙。”白青山说他在深圳见过有人在墙里嵌一棵树的，还有人在树上建房子呢。大家都吃惊地看着白青山，觉得这后生简直是胡闹，树怎么可以嵌在墙里呢？树嵌在墙里，地基怎么打？树长的时候，把墙撑倒怎么办？他们把目光看向白庆国，白庆国却附和他儿子说有这么回事，大家摇了摇头，他们第一次发现白庆国老了，老白家不知何时已经开始由白青山做主。

兰继芬见大家都没干活，舍不得把好肉好酒拿出来，只把肉割了点准备跟白菜一起炒，白庆国进厨房喝水恰好看见，骂了兰继芬几句，兰继芬有点委屈，只好把藏着的肉拿出来煮。

第二天继续开工，就按照白青山的树墙方案来做。大家没见过用树做墙的房子，也不太敢吱声，但是被白青山一个后生指挥着，心里老大不舒服，什么事又都来问一嘴白庆国。从深圳回来后，白庆国跟白青山的关系突然变好，什么都听白青山的，就对过嘴的人说：“青山让怎么做就怎么做。”于是也就没人再去问白庆国了。

白庆国家挖到东西的那天早上，和西一早起来去打水洗脸，走到井台边时，突然两片树叶合在一起，像轮子似的凌空朝他滚过来，一片树叶是金黄的，一片是青色的，如同一张叶子的两面。叶子滚到和西的面前，突然停住了，然后旋了一圈分开，两张叶子相隔一尺远，仰面躺在地上，直直地看着和西。

这是两片樟树叶。学校没有樟树，这两片叶子从哪里来的呢？和西发了一阵呆，正在这时，黄狗老六率先跑到了和西的面前，那狗不停地摇着尾巴，在和西的裤子上蹭来蹭去，狗的身后，白青山一脸兴奋地跑了过来……

和西和江楠刚进白庆国家院子，白庆国就迎了上来，把和西和江楠带进屋里，带到屋角的一堆破坛罐前。白庆国踢了一脚沾着泥巴的罐子说："就这些东西，和西老师你给看看。"兰继芬正在喂猪，也放下潲桶围了过来。那些干活的人都朝这边看，但是并没有停下手中的活。

江楠戴上白色的手套，从一个陶罐里拿出几枚老钱。这些老钱都是圆形方孔铜钱，因为年代久远，上面已经有了层绿斑，有两枚还粘连在了一起。早些年村里的女孩喜欢用铜钱扎上漂亮的公鸡毛当毽子踢，那时有个黄灿灿的铜钱毽子，是一件很让人骄傲的事。这两年村里孩子少了，小娃娃的玩具也多了，也就没人玩这个了。

江楠把铜钱摊在手心，简单地看了一下，又放了回去，说道："这罐铜钱，是康熙至嘉庆年间的。"江楠的声音很年轻，并且清脆，白庆国跟江楠不熟，他疑惑地看了江楠一眼，皱了皱眉头，转向和西："和西老师，你说呢？"和西淡淡地笑了，轻轻地说：

“江楠比我懂。”白庆国就不说话了。

这时江楠又打开了那个坛子，取出一个用油纸包了好几层的木匣。木匣是蜡封的，刚才显然已经被打开过了，刀片刮过的残蜡清晰地挂在封口上。江楠转着圈看了一遍，然后沿着既有的滑面，小心把木匣的盖子朝外推开——匣子边的木头有一小块脱落，可能之前白庆国他们开匣子时，用力太猛，把木匣弄掉了一点；那掉了小木块的位置，茬口是新的，比其他地方都干净。匣子里面有一个布包，布是绸面的，已经看不出颜色，因为被打开过，包回去的时候有点乱，但江楠还是很小心，她一片片地把绸布展开来，发现里面包着的，竟然是一个手抄件，还有一副扑克牌。

在江楠打开木匣的时候，和西注意到包裹木匣的油纸已经脆了，上面有几个虫啮过的小洞，于是想起年前来看白青山的狗那次，他听到的虫啃油纸的声音，于是问道：“这东西是在樟树那儿挖到的吧？”白庆国吃惊地看着和西：“你怎么知道？”和西笑笑，没有回答。这时候江楠清晰地说道：“这是一本族谱。这副扑克牌，是从国外带入中国的。”

白庆国和兰继芬面面相觑。兰继芬终于忍不住问道：“江楠老师，这些东西值不值钱？”说完她又看了和西一眼。几个来帮忙的人，不知何时已经围在身后。

25. 扑克牌的秘密

第二年的秋天，兰志远带着一行人再次回到村庄。

兰志远惊奇地发现，他走过的地方，他经过的人，都在谈论着白庆国家挖出的“宝物”。

有人说白庆国从地底下挖出的是一大箱黄金，那金条黄灿灿的，在白庆国家铺了一地，晚上不用灯就能把屋子照得通亮；白庆国家的房子，就是用那黄金造的——你看那造型，你看那气势，居然把一棵树嵌进了墙壁里，太牛了，太有钱了，没有钱能建出这样的房子吗？没有钱敢把树嵌进墙里吗？没有钱能贴那么亮的瓷砖吗？白庆国家这回祖坟冒青烟了，白庆国家这回是旺了！

那些家里有女娃的，都寻个借口上门踅摸，早就隐遁的媒人，也不知从哪里冒了出来，白庆国的儿子白青山的婚事，成了方圆村庄热议的话题。这年头，虽然姑娘们都想嫁到城里去，可是白庆国家有了黄金的这一层，情况就不一样了，再加上那个有树的房子，那可是白庆国的儿子白青山的创意，就冲这一点，白庆国的儿子白青山就不是等闲之辈！可这些姑娘们哪曾想到，纵是媒人们把门槛踏破，人家白青山都不会看上一眼，人家白青山的心思，早就给了另一个女孩。

也有关心那半拉子族谱的，据说那手抄件上写的，是关于一个青姓家族的兴衰。青家是生活在黄河流域的一个古老家族，几百年前，这个家族的一个顽劣少年，执意要跟河流较劲，他最先顺着黄河而下，到达东部入海口后，又沿海岸线南下，然后从珠江口溯流而上。当少年到达珠江一条细小的支流尽头的时候，少年终于累了，他也从一个少年变成了青年。这个青年就在这支流的尽头，停下了行走的脚步。青年依水而立，在山谷中搭建起第一间茅屋，并以茅屋为中心，在四周开渠引水，垦荒种粮，当青年的稻禾香味飘出山谷的时候，他有了自己的女人，随着他的子孙不断繁衍，于是有了这个叫青河的村庄。有一年村庄发生瘟疫，所有的人都无法幸免，只有一个小孩逃了出去，从此青姓从村庄消失，那个孩子也再没有消息……

一个姓青的家族，它跟白庆国家有什么关系呢？难道白家最初由青姓演变而来？可这些白氏一族从没听他们的祖辈提过！还有那个逃出去的孩子，他到底逃到了哪里？他的命运又是怎样？那副扑克牌跟这个孩子是什么关系？

大家都想不明白，想不明白也就懒得再去想，于是回过头来开始怀疑白庆国：白庆国挖出来的真是族谱吗？会不会是电视上说的藏宝图？于是那些曾经给白庆国帮工的人就成了见证，见着的人就问："你亲眼看见了？""你确定不是藏宝图？""听说还挖出了一箱黄金？""白庆国没有分一点给你们？"……

被问的人一开始还帮着白庆国辟谣，发誓说真的是族谱，也没有什么黄金，他们可是亲眼所见！可是时间长了，被问得多了，他们自己也不能肯定了，他们想没准真是藏宝图呢？他们只是没有看懂而已。还有那罐铜钱，铜钱下面是不是有黄金，他们也没验证过。他们甚至后悔没有探究清楚，当时要是看清楚了，说不定白庆国会不好意思，还能见者有份呢！

黄老培更是好几晚睡不着觉。黄老培住着的房子，是当年村里的地主住的，地主姓兰，是兰氏族人，后来死掉了，田地和房屋却留了下来，那房子除了黄老培现在住着的，还有他家屋后的一个大仓库和牲口棚。人民公社的时候，仓库一直归生产队使用，牲口棚也改成了生产队的养猪场，黄老培老婆当年就在养猪场干活。听兰家老一辈的说，那兰地主并不坏，对人也很和气，灾荒之年，还接济过不少穷人；地主家有个在城里念书的孩子，据说后来还当兵打过日本人，立功受奖后就留在了外面，一直也没有再回村庄，后来也没有任何消息。

黄老培想，若说藏东西，他家的房子才最该有东西，可是当年黄明要建房子时，黄老培怕多花钱，就只是翻新了一下，并没有往地下挖，会不会他家的地底下，也藏着什么宝贝？那宝贝挖出来，没准比白庆国家的还要值钱。带着这个念头，黄老培有好些日子睡不安稳，天天拿着烟杆房前屋后地敲打，还把他家门口一块白色的石头翻起来：一方面，那块石头有点像电视里说的“玉石”；另一方面，那石头在一地的青石中间特别显眼，像是一个记号。

跟黄老培有类似想法的有好几家，这些人夜里躺在床上，就开始回忆他们的父辈和祖辈，想想他们在世时，有没有可能埋了点什么呢。虽说当年他们都不是很富裕，可世事难料，没准贫农家也有余粮呢！于是一段时间里，留在村庄的人，家家户户都开始了对他们祖先的追忆，他们终日在自家的房前屋后转悠，寻找着他们祖先留下来的蛛丝马迹，那个神秘的青姓家族的亡灵，也在村庄的追忆中，从几百年前的黑暗中爬出来，重新游荡在这个人口逐渐凋敝的村庄。

对于那罐铜钱，白青山也有自己的看法。

记得还小的时候，白青山曾跟黑猫老六一起，用兰继芬腌辣椒的罐子，在那樟树下埋了罐瓦片。后来白青山早把这事忘了，再说他也不相信瓦片能变钱的鬼话，可面对这一罐铜钱，白青山有些疑惑了：那铜钱莫不真是瓦片变的？只是变错了年份，变成清朝的了。白青山拿这件事去问和西："你说那些铜钱真是瓦钱变的吗？"和西看着白青山，好半天没有说话，然后有点恍惚地说："你相信，它就是。"

于是白青山就相信是。

白青山把他相信的这些偷偷告诉了兰草，兰草又告诉了兰香和兰花。兰香比兰花大一岁，很有姐姐的样，她是不信这些"迷信"的，可是兰花信啊！

那段时间兰香和兰花正迷着做凉粉，大日头的，两姐妹穿过荆棘，摘下青熟的凉粉果，拿回来剖开晾晒在石头上，晒到半干的时候，把凉粉肉掰下来，包在一个薄的手帕里，沾上清凉的井水，一点点把凉粉浆汁往一只碗里挤，挤到大半碗的时候，再放到凉水里冻着，不一会儿，一碗清凉冰滑的凉粉就成了。兰香和兰花乐此不疲地忙着，他们要做的凉粉很多，要做给她公她婆，要做给江楠和和西，还要做给她们自己……

听说可以用瓦片做钱，兰花马上就放弃了做凉粉，一门心思开始造起钱来。有了钱可以去圩上买油果，买头花，还可以买好多的凉粉，甚至可以去看服刑的兰志琼——对于兰花来说，还有什么比这更具诱惑的！兰草也要挣好多钱，去找她妈兰志霞。于是兰草和兰花，重新找出两个罐子，敲了好些瓦片要往地下埋，白青山犹豫地说，埋多了就不灵了吧，她们这才挑了些长得更像钱的，把多余的瓦片扔掉——长得越像钱，便变得越快吧；为了不让那钱也变成老钱，她们还把两个硬币放到里边——有硬币照着变，就不会变走样了。

白青山相信那钱是他的瓦片变的，也相信那个在他家屋后埋东西的家族，一定还有人活着。白青山把这个想法讲给和西听，白青山说："埋东西的人一定是个孩子，一定也有一只猫。"和西避开白青山的目光，淡淡地说了句："你信什么，它就以另一种方式存在着。"

白青山听不懂和西的话。看着白青山一脸懵懂的样子，江楠哈哈大笑，江楠把手挥向整个田野，挥向她画着的"梅花 9"和"红桃 3"，江楠说："我信的是，这是一个扑克牌的村庄。你怎么知道你不是扑克牌呢？或许我们每一个人，都是被某个魔术师操控着的生命玩偶。"

江楠的话，让白青山更加懵懂了。

兰志远这次回来，不仅带了一拨人，还带着一颗乱窜的雄心。但是让兰志远始料不及的是，从走进村庄的那一刻起，他的人和他的雄心就被白庆国家的宝物包围，被白青山墙壁里的树占据，被那个青姓家族的幽灵笼罩，这让兰志远有点恼火。

兰志远一晚上没有睡好，他在睡不着的黑夜里，再次想起了他的傻子姐姐兰志芬，想起被他宰杀的黑牯牛，还有当年在夜里遇见的和西。现在兰志芬和黑牯牛都没有了，就只剩下了一个和西。兰志远心里突然一个闪念：十几年过去，和西还像以前那样喜欢在夜里游荡吗？他为什么总在夜里游荡？他和黑夜是什么关系？这个问题折磨着兰志远，以至于第二天太阳还没从东山升起，兰志远就来到了和西的屋前。

和西还没有起床，江楠已经在屋前摆好画具，正着手画这个早晨的第一缕晨曦。兰志远的到来，惊动了江楠的思绪，她用嘴朝一张椅子努了努，示意兰志远可以坐下等，兰志远尴尬地笑笑，独自蹴到院子前边的井台上。这天早晨，兰志远第一次注意到他的故乡正在升起的朝阳。

和西起床到井边刷牙的时候，兰志远仍然蹴在那儿，他往旁边挪了挪位置，把井沿让了一部分给和西，然后轻轻说了句："你就是青氏的后裔，你待在青河那么多年，其实一直在寻找这副扑克牌。"

和西刚刚往牙刷上挤好牙膏，兰志远的话，甚至没有让他有丝毫的停顿，他把牙刷放在嘴里，开始窸窸窣窣刷起牙来，他听到兰志远继续在他耳边说道："我知道你想要什么，我要帮你实现你的理想。"和西仍然没有反应，白色的泡沫在他嘴里温柔地摩挲着，他很享受每天刷牙的这个时刻。

“你就是那个出走的少年。我也是，我们都是。”兰志远说到这里有点激动，他从井台边站起来，朝江楠画下的“梅花 9”和“红桃 3”走去，声音也开始变得高亢：“我这次回来，是想把村庄开发成国际旅游度假区，我已经把周边几个村庄的地都买了下来，我要改变村庄的模样，我要让村里的人都富起来，住上楼房，开上汽车，过上城里人一样的生活。”

兰志远的声音越来越高，他开始大幅度地挥动着手臂，“梅花 9”和“红桃 3”也被惊醒了，两幅画如同伤口一般看着兰志远；田野里新鲜的禾茬也昂起头来看他，兰志远的脸红了。他从没对禾茬和扑克牌讲过话，也从没有禾茬和扑克牌关注过他，兰志远因为得到那么多的注视而感到脸红。

“未来这里将建起豪华的酒店、崭新的别墅、宏伟的会议中心，还会有漂亮的草坪、成片的花海、悠然的湖泊……那些散落在外面的年轻人都会回来，村庄重新变得热闹，那些孩子们，将在家门前的学校上学读书，大人也可以在度假村工作上班，大人和孩子再也不用分离两地……”兰志远说到这里的时候，眼泪都要流出来了，他回过头来寻找和西，和西不知何时已经洗完脸走了，兰志远的身后站着的，是他带来的一个女秘书。

兰志远于是对着他的秘书说：“我要让村庄改变模样。”

江楠正领着她的三个女学生，从院子里走出来。江楠已经在村庄画出了大部分的扑克牌，时不时要带着三个女孩去给她的扑克们补色。看着兰志远站立的地方，江楠客气地提醒道：“您踩到我的扑克了。”兰志远低头看了一眼，发现脚下站着的地方，正是“红桃 3”画面中延伸过来的一片裙裾，以及裙裾里飞动的两只蝴蝶……

江楠说，在上国，魔术师的魔法失灵了。

扑克们纷纷跑了出来，可是跑出上国的扑克们，却不知道该去往何处。

红桃 A 是溯河而上的，这样红桃 A 就可以碰到各种各样的水。那些水都有着相似的面孔，但是它们却是从不同的地方汇集而来的：有的是天下降落的雨水；有的是地底下冒出的井水；有的水从山上流下来，冲起一个小河沟，还携带着一些泥沙；有的刚刚帮某个妇人洗过衣服，汇进河流的时候，还带着小孩大便的香味……在所有混杂的气味里，红桃 A 嗅到了梅花 9 和红桃 3 的气息，梅花 9 和红桃 3 在下国生活了数百年，他们每天都用水清洗他们的身体，他们的身体已经成为水的一部分。

红桃 A 溯河而上，在一个河汊口，红桃 A 碰到了行走的货郎。货郎挑着针头线脑，带着他的傻子姑娘，货郎已经老了，但是那傻子姑娘却永远年轻。傻子姑娘看见红桃 A 的时候，一眼就认出了她，傻子姑娘对红桃 A 说：“你喜欢上了魔术师。”傻子姑娘又说：“可你为什么要离开他呢？”

红桃 A 不喜欢傻子的问题，但是傻子姑娘却说出了红桃 A 的真理：喜欢他为什么要离开他呢？喜欢他，离开他，这中间有什么关系吗？鬼才知道。

黑桃 4 和黑桃 Q 是结伴而行的。黑桃 4 其实只想独自前行，他离开上国的时候，心里只想着梅花 4，他记得很多年前，在一个湖边，他和梅花 4 睡在同一个被窝里，梅花 4 晚上总是踢被子，第二天醒过来，他会说被子是黑桃 4 踢掉的。梅花 4 善良，容易激动，还动不动就哭，他哭起来的时候，黑桃 4 总忍不住摸一摸他那卷曲的头发。

黑桃 4 只想找到梅花 4，因为梅花 4 是他唯一的记忆。可是黑桃 4 一出城门，就被黑桃 Q 死死地跟上了，黑桃 Q 说，你去哪儿我也去哪儿。被黑桃 K 抛弃后，黑桃 Q 有些精神恍惚，她见到谁都冷嘲热讽，见到谁都以为是受了方块 Q 和黑桃 K 的蛊惑，她想跑出去，可机会真的到来时，却不知该去往哪里。黑桃 Q 一转头就看见了黑桃 4，黑桃 Q 说："我跟定你了。"就这样黑桃 4 的身后，有了一个叫作黑桃 Q 的尾巴。

黑桃 4 是赶着马车上路的。他走出上国的国门，就看到了一匹马，那匹马看到黑桃 4，兴奋地叫了一声，黑桃 4 突然想起除了梅花 4，他还认识这匹马，于是套上马车，让黑桃 Q 坐了进去。他们依着星光，选择幽蓝的道路前行，好像是受了神的指引，在前方一片顿起的尘埃里，黑桃 4 终于嗅见了梅花 4 的味道。黑桃 Q 也说，她看见了梦里的城市，梅花 4 就在城市里头。

还有方块 6、方块 10、梅花 3……她们死了，又活过来了，她们细小如尘埃。

方块 J 是坐船走的，梅花 10 骑着一辆木轮车，梅花 Q 用她的头发做了一朵云，她是驾着云走的；还有红桃 K，他抓着红桃 Q 的手，他们俩把手臂伸展开来，就成了翅膀，他们飞过上国的天空，看见了一朵他们熟悉的云，他们知道有个地方，那里有他们生活过的痕迹。

所有的扑克都来到下国，他们被货郎的叫卖声牵引，在一条即将干涸的河道边找到了他们的芦笛，还有货郎坐过的那个石头。可是他们的湖呢？他们的稻禾呢？他们望向混乱的田野，他们在田野里看见梅花 9，还有幼稚而闹腾的红桃 3。

黑桃 8 已经不喜欢挤对人了，他在一堆扑克里寻找着黑桃 K。而此刻，黑桃 K 正拉着方块 Q 的手，他们走的是大路，大路上诱惑多，他们见到了另外一个货郎，他们被这个货郎带到了另一个村庄，另一片田野，他们以为那就是他们要找的田野。

扑克们来到村庄的时候，村庄正走在寻找的路上。

扑克们哪里知道，魔术师在他们之前，就已经来到了村庄。

魔术师到达的时候是夜晚，所有的星星都挤在一起，窃窃私语着。魔术师挥动他的魔术棒，那个被红桃 3 命名的湖泊又复活了，魔术师看到大小王从湖中间升起来，他们分别穿着红色和蓝色的衣服，戴着长翎毛的漂亮礼帽，他们升起的地方，带动起一个巨大的漂亮的漩涡。大小王脱下礼帽，互相敬了一个礼，然后开始翩然起舞，魔术师的魔术也活了，他轻轻地挥动着他的魔术棒，扑克们从湖面上一个个升起来，千姿百态，舞姿翩跹，他们的身影倒放在湖泊里，那不是一个湖，那是一面镜子。

那真是一面镜子，夜里醒来的货郎，伸手去掬湖里的水，可是却发现那是一面镜子。货郎笑了，货郎在镜子前照了照自己的面容，他看见了满天的星星也躲在他的身后偷偷照着镜子。

那天晚上，山野里所有的扑克开了一个会，会议的主题是：要不要把村庄恢复到最初的样子，要不要让所有人梦里的村庄恢复成他们想要的故乡。

扑克们彼此离得有点远，他们的声音通过禾苗传递给其他的扑克，青蛙和鸟虫也来凑热闹，在扑克中间叽叽喳喳的。村庄的猫狗白天睡够了，它们转动着眼睛，搜寻着那些说话的扑克：这个扑克说一句，猫狗的头转过来，那个扑克说一句，猫狗的头又转过去，扑克们的会议结束了，猫和狗的脖子也变得轴承一样地灵活。

扑克们的会开了一夜，也争吵了一夜，鸡们一夜都睡得很浅，第二天天没亮，一只公鸡就醒过来，听到扑克们还在吵，它以为天亮了，扯开嗓门就叫，于是所有的公鸡便在梦里全叫起来，一早的黎明就被叫坏了。听到鸡叫，扑克们都吓了一跳，这时他们都还没有讨论出结果，红桃 3 话特别多，一晚上都叽叽喳喳的，这时她着急地说："扑克们从上国来找他们的故乡，可到了下国，上国又成了他们的故乡，那么哪里才是扑克的故乡？"红桃 3 说着看了梅花 9 一眼。

这时小丑站出来说话了，一晚上他都待在角落里，他的帽子特别惹眼，这让他很不好意思，小丑说："离开的地方，都是故乡。"小丑的声音不高，却让整个田野都听到了……

结尾

故事写完的时候正是春天，这段时间，我曾经钟爱的一些词汇，比如理想、情怀、诗、远方等等，一夜之间全成了烂大街的产品包装，我开始跟自己闹别扭，并打算放下笔来，亲自去青河村走一趟。

说老实话，我一直怀疑青河这个村庄的存在，但我仍然愿意沿着故事里的线索，沿东部的海岸线南下，在珠江口溯河而上，并在珠江一条细小支流的尽头，找到我故事里的那个毫不起眼的村庄。

那天我到达时正是黄昏。雨后的村庄，笼在一片轻盈的迷雾中，空气里甜得发痒的气息，让人忍不住打出一个又一个的喷嚏。站在东山顶上，看着山下不经意流过的小河，看着那些零星散落在北山下的房子，以及山谷里一览无余的禾苗，我产生了一种恍然如梦的感觉，仿佛我前世的魂魄，曾经从这个村庄经过。

不是说田野早就荒芜了吗？不是说村庄不再种植稻谷了

吗？——那成片的禾苗既让我感到意外，又深为欣慰。然而当我在南山下寻找那个孤独的院落，寻找和西的那个小学校时，我再次意外地发现，除了沉默生长的绿色禾苗，空荡荡的南山下一无所有。

原来我故事里的主角，一直就不曾存在过！对吗？

当我走向村庄的时候，我发现了更加诡异的事情：这个村庄既没有炊烟，也看不见人迹，连猫狗都藏在暗处，只有那些禾苗在稻田里莽莽地生长着。

难道这是一个死去的村庄？上帝把它封存在这里，待到有朝一日重新开启？我为自己不靠谱的想法感到好笑，内心却不由生出嗖嗖的寒意。

我从村东头开始，在心里给每个房子对号入座，并挨家挨户地搜寻过去，希望能看见哪怕一个活人：这是兰展春家，这是白庆柱家，这是白庆堂家，这是白庆民家，这是兰春玉家，这是兰仲春家，这是兰季春家，这是黄老培家，这是兰伯春家，这是白老二家，这是白庆国家……没错，整个村庄的每户人家都大门紧锁，只有村西头一个对不上号的茅草屋，还留着半掩的门缝。

站在这间茅屋前，我犹豫了。当我回身看向整个村庄的时候，心里的寒意越来越重。

天已经黑了下来，除了留在村庄过夜，我已经别无选择。我鼓起勇气推开茅屋的木门，竟然发现灶膛里生着红红的炭火，灶堂上的铁锅里，飘荡出清新的米饭的香味。这亲切熟悉的米饭香，终于给了我一点留下来的勇气。

这天晚上，我独自紧张地守在火塘边，不知不觉地睡了过去。

夜里做了个梦，梦见白庆国老婆兰继芬生了二胎。咦，白庆国老婆不是不能怀孕了吗，怎么又生了呢？梦里兰继芬就朝我笑：“说是不能生的，不知怎么就怀上了。还是党的政策好。”

我问兰继芬村里人都去哪儿了，兰继芬就变成了傻子兰志芬，兰志芬说：“咳，我妹生了个妹仔，在镇上摆酒，全村的人都去喝喜酒了。”

我又问：“和西呢？就是外乡来的那个小学老师。”兰志芬说：“和西是谁呀？我们这里从来就没有学校，也没有老师。”怎么会没有和西？我就是冲他来的呀！我有点急了，兰志芬见我着急，歪着脑袋用力地想，然后恍然大悟地说：“你说的是那个傻子吧，他早走了。”

和西走了？他为什么走了？“都说我们这里要建高楼建别墅，建大大的酒店和洗澡堂，然后那傻子就走了，他把他的扑克牌也带走了。”兰志芬傻乎乎地笑着。

扑克牌？是的呀，江楠画的那些扑克牌呢？这时我发现自己站在星空满天的旷野之中，我举目四望，一个蒙面的黑衣人出现在我身后，我意识到这是容颜损坏的兰志玲。兰志玲幽幽咽咽地对我说：“我们每个人都是命运的扑克牌。”兰志玲说完，看了一眼我面前通红的炭火，就要过来推我，我一个激灵，霍然睁开了眼睛。

面前的炭火早变成了灰烬，一道新鲜的阳光正从门缝射进来，打在我惊惧的脸上；屋子外面，我听到整个村庄人声喧哗，好像从来就没有昨晚的集体失踪一样……

2016年5月27日星期五初稿

2016年10月2日星期日二稿

2017年4月18日星期五三稿

2018年2月2日星期五四稿

罗语萍于北京

《上国下国》人物世相

和西（梅花 9）

我是谁？我从哪里来？我为什么来到这里？……你把自己弄丢，然后又再次出发，再次把自己弄丢……你就是青氏的后裔，你待在青河那么多年，其实一直在寻找这副扑克牌。

江楠（红桃 3）

这个地方，我好像来过……江楠留在村庄的第一件事，就是给每件事物起名字……江楠把两个孩子交给兰春玉老婆时，莫名其妙地骂了句："他妈的，这世界！"

白青山（黑桃 8）

一声婴儿的啼哭破空而来，并迅速传遍山谷，这孩子就是黑桃 8……他始终想不明白，他爸白庆国那么多年为什么老往外面跑……他对整个村庄放出话来："我要杀了白庆国。"

兰志远（梅花 4）

我恨夏玲，我恨我二姐，恨白庆国，恨我爸我妈……不要卖黑牯牛，也不要杀它……人吃牛，是自然法则……我要把村庄开发成国际旅游度假区，让村里人过上城里一样的生活。

夏玲（方块 8）

夏玲叫所有计生对象为婶娘，她叫人婶娘的时候，一脸的无辜和无奈。

兰志玲（黑桃 Q）

我只在黑夜里活着，我怕我的丑让阳光照见，我配不上白天的亮，配不上白天里那些有生命的动物和植物，我怕它们看见我会难过……

兰志霞（方块 Q）

我在外面认了个干爹……我飞到阎王殿的时候，阎王不收我……“这孩子就算志玲的吧。”兰志霞说得很平淡，但是却透着一种决绝。

兰志琼（红桃 A）

几个月后，江楠听到了兰志琼弑杀亲夫的消息……兰志琼说，从村庄回去后，她特意买了一把锋利的水果刀。

白庆国（黑桃 K）

太阳怎么可能是黑的呢？白庆国想不明白，越想不明白他就越用力地想，想着想着，一滴眼泪就从眼角流了下来。

村庄关系谱

兰伯春及其老婆

兰志芬（大女儿）——货郎带走的傻子姑娘

兰继芬（二女儿）——嫁给白庆国

兰志远（三儿子）——出走的野生少年

兰小芬（小女儿）

兰仲春及其老婆

兰志和（大儿子）——跟白庆国外出打工

兰志刚（二儿子）

兰季春

兰志青（大儿子）

兰春玉及其老婆

兰志霞（四女儿）——认干爹（私生女兰草）

兰志琼（五女儿）——杀夫（女儿兰香、兰花）

兰志玲（小女儿）——年少毁容，山野游魂

兰展春

跟白庆国外出打工，父亲吊死

白庆柱（白氏一族老大）

白启军（二儿子）——复员军人，县城开店

白启功（四儿子）——县城打工，女朋友李小红

白启花（五女儿）——县城打工

白庆堂

白启平（儿子）

白庆国

兰继芬（老婆）

白青山（独子）

白庆民（及其老婆）

白庆国的亲弟弟

黄老培及其老婆

黄明（三儿子）——跟白庆国外出打工

其他

李斌 ——部队复员，跟白庆国外出打工

张顺宝老婆 ——李斌情妇

白老二 ——村民

兰喜春 ——村民

图书在版编目（CIP）数据

上国下国 / 罗语萍著. — 广州：广东人民出版社，2019.10
ISBN 978-7-218-13767-4

Ⅰ. ①上… Ⅱ. ①罗… Ⅲ. ①长篇小说－中国－当代 Ⅳ. ① I247.5

中国版本图书馆 CIP 数据核字（2019）第 157401 号

SHANGGUO XIAGUO
上国下国
罗语萍　著

出 版 人：肖风华

责任编辑：刘　宇
责任技编：周　杰　易志华
装帧设计：孙　初

出版发行：广东人民出版社
地　　址：广东省广州市海珠区新港西路 204 号 2 号楼（邮政编码：510300）
电　　话：（020）85716809（总编室）
传　　真：（020）85716872
网　　址：http://www.gdpph.com
印　　刷：山东临沂新华印刷物流集团有限责任公司
开　　本：880mm×1230mm　1/32
印　　张：8.5　**字　　数**：183 千
版　　次：2019 年 10 月第 1 版　2019 年 10 月第 1 次印刷
定　　价：42.00 元

如发现印装质量问题，影响阅读，请与出版社（020－85716808）联系调换。
售书热线：（020）85716826